Memórias de porco-espinho

INSTITUT FRANÇAIS
BRASIL

Liberté • Égalité • Fraternité
RÉPUBLIQUE FRANÇAISE

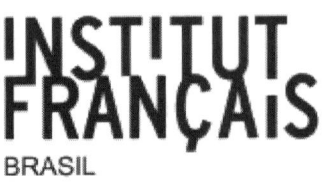

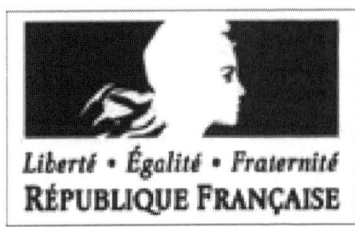

Cet ouvrage, publié dans le cadre du Programme d'Aide à la Publication 2017 Carlos Drummond de Andrade de l'Institut Français du Brésil, bénéficie du soutien du Ministère de l'Europe et des Affaires étrangères.

Este livro, publicado no âmbito do Programa de Apoio à Publicação 2017 Carlos Drummond de Andrade do Instituto Francês do Brasil, contou com o apoio do Ministério francês da Europa e das relações exteriores.

INSTITUT FRANÇAIS

Liberté • Égalité • Fraternité
RÉPUBLIQUE FRANÇAISE

AMBASSADE DE FRANCE
AU BRÉSIL

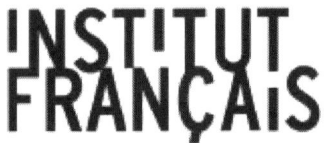

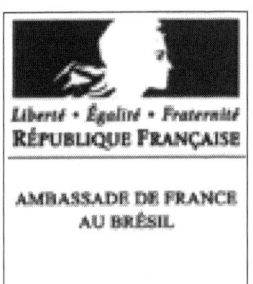

Cet ouvrage a bénéficié du soutien des Programmes d'aides à la publication de l'Institut Français.

Este livro contou com o apoio à publicação do Institut Français.

Alain Mabanckou

Memórias de porco-espinho

1ª reimpressão

Tradução
Paula Souza Dias Nogueira

Copyright © 2017 by Editora Malê
Todos os direitos reservados.
ISBN 978-85-92736-22-4

Tradução de: *Memóries de porc-épic*
Ilustração de capa: Angelo Abu
Tradução: Paula Souza Dias Nogueira
Edição: Vagner Amaro
Revisão: Leia Coelho

Texto revisado segundo o novo Acordo Ortográfico da Língua Portuguesa.
Proibida a reprodução, no todo, ou em parte, através de quaisquer meios.

Dados internacionais de catalogação na publicação (CIP)
Vagner Amaro CRB-7/5224

M112m	Mabanckou, Alain
	Memórias de porco-espinho/ Alain Mabanckou; tradução de Paula Souza Dias Nogueira. – Rio de Janeiro: Malê, 2017.
	130 p.; 21 cm.
	ISBN 978-85-92736-22-4
	Tradução de *Memóries de porc-épic*
	1.Ficção congolesa I. Nogueira, Paula Souza Dias II. Título
	CDD – 896.3

Índice para catálogo sistemático:
I. Ficção congolesa   896.3
2017

Todos os direitos reservados à Malê Editora e Produtora Cultural Ltda.
www.editoramale.com.br
contato@editoramale.com.br

Dedico estas páginas ao meu amigo e protetor o Escargô cabeçudo, aos clientes do bar O Crédito Viajou, e a minha mãe Pauline Kengué de quem peguei esta história (com algumas mentiras) como cheguei catastroficamente ao seu pé

então eu sou só um animal, um animal de nada, os homens diriam uma *besta selvagem* como se não existissem outras mais bestas e mais selvagens que nós na espécie deles, para eles eu não passo de um porco-espinho, e como só acreditam naquilo que veem, deduziriam que não tenho nada de particular, que pertenço ao grupo de mamíferos munidos de longos espinhos, acrescentariam que sou incapaz de correr tão rápido quanto um cão de caça, que a preguiça me obriga a não viver longe do lugar em que me alimento

para dizer a verdade, não invejo os homens, tiro sarro da pretendida inteligência deles já que eu mesmo fui durante muito tempo o *duplo* do homem que chamávamos Kibandí e que morreu anteontem, eu, eu me enterrava a maior parte do tempo não longe do vilarejo, só me juntava a esse homem tarde da noite quando tinha que executar as missões precisas que ele me confiava, tenho consciência das represálias que ele me teria feito se tivesse escutado enquanto vivo eu me confessar como agora, com uma liberdade de tom que ele teria entendido como ingratidão porque, sem aparentar, ele acreditou a vida inteira que eu lhe devia alguma coisa, que eu não passava de um pobre figurante, que ele podia decidir o meu destino como bem entendesse; pois bem, sem querer puxar a sardinha pro meu lado, eu também posso dizer a mesma coisa a respeito dele já que sem mim ele não teria passado de um vegetal miserável, a sua vida humana não teria valido nem mesmo três pinguinhos de xixi do velho porco-espinho que nos governava na época em que eu ainda fazia parte do mundo animal tenho quarenta e dois anos hoje, me sinto ainda muito jovem, e se eu fosse um porco-espinho como esses que se arrastam pelas plantações deste vilarejo eu não teria tido uma vida tão longa porque, para nós, porcos-espinho desta região, a gestação dura entre noventa e três e noventa e quatro dias, podemos no melhor dos casos viver até os vinte e um anos quando estamos em cativeiro, mas qual o interesse de passar a vida em reclusão como um escravo, qual o interesse de imaginar a liberdade atrás das grades, hein, eu sei que certos animais preguiçosos gostariam disso, esquecendo até mesmo que a doçura do mel não consolará jamais a picada de abelha, eu, eu prefiro os imprevistos da vida na savana às jaulas nas quais vários dos meus compadres que são sequestrados ficam para terminar um dia ou outro como bolinhas de carne nas panelas dos humanos, é verdade que tive o privilégio de bater o recorde de longevidade da minha espécie, de ter a mesma idade que o meu mestre, não finjo que ter sido seu duplo foi uma sinecura, era um trabalho de verdade, os meus sentidos eram solicitados, eu lhe obedecia sem hesitar ainda que durante as últimas missões eu começasse a recuar, a me dizer que nós cavamos nossa própria cova, eu devia entretanto lhe obedecer, assumia a minha condição de duplo como uma tartaruga que carregava a sua carapaça, era o terceiro olho, a terceira narina, a terceira orelha do meu mestre, o que significa que aquilo que ele não via, aquilo que ele não sentia, aquilo que ele não escutava, eu lhe transmitia em sonhos, e quando ele não respondia às minhas mensagens, eu aparecia diante dele na hora em que os homens e mulheres de Sêkêpembê estavam indo para os campos não dei assistência ao nascimento de Kibandí como esses duplos que nascem no mesmo dia que a criança que eles verão crescer, aqueles são *duplos pacíficos*, eles não se expõem diante do seu mestre, só intervêm em casos precisos, por exemplo quando seu iniciado fica doente ou quando ele é vítima do azar, os duplos pacíficos levam uma vida monótona, aliás não sei como suportam tal existência, eles são moles, lentos, a sua preocupação primeira é a fuga assim que há barulho, essa atitude idiota os faz desconfiar até mesmo da própria silhueta, ouvi dizer que a maior parte deles era surda, cega, que não se podia entretanto surpreender a sua vigilância devido a seu faro infalível, digamos que eles protegem o ser humano, o guiam, traçam o caminho da sua existência, morrem como nós no mesmo dia que seu mestre, a transmissão de tal poder é assegurada pelo avô desde o nascimento do ser humano, o velho pega o recém-nascido depois de consultar os seus genitores, desaparece com ele atrás da cabana, fala com ele, o agride, afaga, agita, faz cócegas, joga pra cima, pega de volta enquanto o espírito do duplo pacífico sai do corpo do idoso para se infiltrar no do pequeno ser; o iniciado se dedicará a fazer o bem, se distinguirá pela sua generosidade sem limites, dará dinheiro aos paralíticos, aos cegos, aos mendigos, respeitará seus iguais, estudará as plantas com o intuito de curar os doentes e garantirá a transmissão dos seus dons às gerações futuras assim que aparecerem os primeiros cabelos brancos na cabeça; é uma vida mais que tediosa para não dizer monótona, eu não teria tido nada para lhe contar hoje se fosse um desses duplos pacíficos sem história, sem nada de excepcional

pertenço antes ao grupo dos *duplos nocivos*, nós somos os mais agitados dos duplos, os mais perigosos, os menos comuns também, e como você pode adivinhar a transmissão de tal duplo é mais complicada, mais restrita, ela acontece ao longo do décimo ano de vida da criança, é preciso ainda fazer com que ela engula a bebida iniciática chamada *mayamvumbí*, o iniciado a beberá regularmente a fim de sentir o estado de embriaguez que o permite se duplicar, liberar seu *outro ele mesmo*, um clone bulímico que não para de correr, de cavalgar, de saltar rios, de se enterrar na folhagem quando não está roncando na cabana do iniciado, e eu, eu me encontrava no meio desses dois seres, não como espectador já que, sem mim, o outro eu do meu mestre teria sucumbido para satisfazer a sua gula, posso lhe garantir que se os pais das crianças a quem se transmite um duplo pacífico estão sabendo da iniciação e a encorajam, não acontece o mesmo quando se tem a transmissão de um duplo nocivo, aqui ela se opera contra a vontade da criança, se desenrola escondido da mãe, dos irmãos, das irmãs, os seres humanos dos quais nós nos tornamos então a encarnação animal não se deixarão mais dominar por sentimentos como a piedade, a comiseração, o remorso, a misericórdia, enfrentarão a noite e, uma vez a transmissão feita, o duplo nocivo deverá abandonar o mundo animal para viver perto do iniciado, ele executará sem protestar as missões que este lhe confiará, aliás desde quando nós vimos um duplo nocivo desdizer o homem do qual dependa a sua existência, hein, jamais vi com memória de porco-espinho, e não são só os elefantes que possuem uma memória confiável, isso é ainda um dos preconceitos da espécie humana bem antes de o meu mestre começar a brincar com o fogo, eu saboreava a felicidade de alguns meses de repouso, aproveitava para contemplar a vida que acontecia a minha volta, o ar fresco enchia os meus pulmões, a alegria me deixava agitado e eu corria, corria sempre, parava no topo de uma colina de onde eu podia varrer com o olhar a agitação da fauna, eu adorava observar os outros animais, as suas vidas cotidianas, quer dizer que eu podia me reunir à savana, eu podia desaparecer, não dar mais satisfação ao meu mestre, eu via o sol se pôr, depois fechava os olhos para escutar os grilos antes de ser acordado na manhã do dia seguinte pela cantoria das cigarras, e durante esses períodos de inatividade, de trégua, eu mordiscava muito, quanto mais eu comia, mais eu tinha fome, aliás não me lembro mais quantas plantações de tubérculos eu assombrei para a grande desgraça dos camponeses de Sêkêpembê que acusavam injustamente um monstro meio-homem meio-animal e cujo estômago era tão profundo quanto o buraco da sua ignorância, depois eu ia na primeira hora surpreender os patos selvagens que se agitavam no rio, as suas penas multicoloridas refletiam na água, eu me divertia ao vê-los desfilar sobre as águas sem se afogar, eles voavam para outros espaços assim que um deles soava o fim da recreação ou que um caçador se aventurava na região, a última hora da manhã abria o desfile das zebras, das corças, dos javalis, depois dos leões que circulavam em bando ao longo desse rio, os pequenos na frente, os velhos rugindo por nada, esse mundo animal não se cruzava, existia como uma repartição natural do tempo, era só bem mais tarde, quando o sol já estava a pino, que aparecia o exército dos macacos, eu assistia às disputas entre os machos, sem dúvida por uma questão de autoridade ou de fêmea, eu via isso como uma diversão, os gestos deles me lembravam os dos humanos, sobretudo quando esses antropoides se distraíam com seus excrementos de nariz, se arranhavam as partes genitais, cheiravam em seguida os dedos antes de exprimir imediatamente desgosto, e eu me perguntava se entre eles alguns não eram o duplo nocivo de seres humanos, depois me reformulava, sabendo que um duplo nocivo era obrigado a se afastar da vida em comunidade

sim eu era um porco-espinho feliz nessa época, e eu eriço os meus espinhos enquanto o afirmo, o que é uma maneira para nós de jurar, ou então nós levantamos a pata direita e a agitamos três vezes seguidas, eu sei que os humanos costumam, eles, colocar em jogo a cabeça dos seus defuntos ou convocar seu Deus que eles jamais viram e adoram de olhos fechados, eles consagram assim a sua existência a ler Suas palavras reportadas num livro grosso que os homens de pele branca trouxeram para cá na época longínqua quando os habitantes deste país cobriam seus sexos ridículos com a ajuda de pele de leopardo ou folhas de bananeira e ignoravam que atrás do horizonte viviam outros povos diferentes deles, que o mundo se estendia também depois dos mares e dos oceanos, que, quando a noite caía aqui, noutro canto era dia; que, quando chovia aqui, noutro canto fazia sol, e parece que o meu mestre Kibandí possuía esse livro de Deus no qual existem várias histórias em que os homens são forçados a crer com o risco de não merecerem um lugar no que eles chamam de *o Paraíso*, você duvida que eu tenha metido o meu nariz lá dentro por curiosidade já que eu podia ler correntemente como o meu mestre, me acontecia aliás de ler em seu lugar quando ele estava esgotado, então percorri esse livro de Deus, páginas inteiras, muito palpitantes e patéticas, lhe digo, sublinhei passagens com a ajuda dos meus espinhos, escutei com as minhas próprias pequenas orelhas muitas dessas histórias da boca de pessoas sérias, de pessoas de barbicha grisalha, de pessoas que iam aos domingos à igreja do vilarejo, elas contavam essas histórias com tal precisão e tal fé que teríamos deduzido que tinham elas mesmas sido testemunhas oculares dos fatos assim relatados, saiba que o episódio mais contado pelos bípedes dotados do verbo é aquele de um tipo misterioso, uma espécie de errante carismático, o filho de Deus, eles admitem, ele veio ao mundo por um meio muito complicado, nem mesmo se detalha nesse livro como o seu pai e a sua mãe se acasalaram, é esse tipo que passeava nas águas, é ele também que transformava água em vinho, e que também multiplicava os pães para alimentar o povo, e que também respeitava as prostituídas sobre quem a população jogava pedras, e que também restituía pernas aos paralíticos mais desesperados, a vista aos cegos, e ele veio à terra para salvar a humanidade inteira, incluindo nós os animais porque, escute bem, já em tempos remotos, para preservar ao menos um espécime de cada espécie viva na terra, não se esqueceram de nós, também nos agruparam nessa caixa batizada de *Arca de Noé* para que sobrevivêssemos a uma chuva torrencial de quarenta dias e quarenta noites, *o Dilúvio* era o nome disso, mas veja que muito tempo depois o filho único que Deus enviou aqui para baixo foi alvo dos homens incrédulos, sem fé que o flagelaram, crucificaram, largaram em pleno sol ardente, e no dia do seu julgamento por aqueles mesmos que o acusavam de ter perturbado a ordem pública devido a seus milagres espetaculares, quando foi preciso escolher entre ele e um outro acusado, um personagem medíocre sem fé nem lei que denominavam Barrabás, preferiram absolver esse bandido de longa data, e eles o mataram, esse pobre filho de Deus, mas você acha, ele voltou do Reino dos mortos como alguém que acordava de uma pequena *siesta* de nada, e se lhe falo desse tipo misterioso não é para me afastar das minhas confissões, é que estou persuadido de que ele não era qualquer um, esse filho de Deus, era um iniciado como o meu mestre, devia ser entretanto protegido por um duplo pacífico, ele nunca tinha feito mal a ninguém, eram os outros que procuravam chifre em cabeça de cavalo, digamos que se Kibandí não lia mais essas histórias, se ele preferia antes o universo dos livros esotéricos, é porque estimava que o livro de Deus reprimia as suas próprias crenças, criticava as suas práticas, o afastava dos ensinamentos dos seus ancestrais, então ele não acreditava nem um pouco em Deus na medida em que Este sempre confiava a realização das preces ao amanhã enquanto o meu mestre desejava resultados concretos e imediatos, ele não ligava para promessas de um paraíso, é por isso que lançava às vezes, na tentativa de cortar rapidamente as discussões dos crentes mais determinados do vilarejo, "se você quer que Deus se divirta, conte a ele seus projetos", e depois os homens bem que juraram pela cabeça dos seus defuntos ou pelo nome do seu Todo-Poderoso, e é isso que eles fazem desde que o mundo é mundo, e acabam um dia ou outro traindo a própria palavra porque eles sabem que a palavra não é nada, só engaja aqueles que acreditam nela assim que me retirava para a floresta depois de uma missão, eu aproveitava o tempo para meditar numa toca, às vezes no topo de uma árvore ou nas suas cavidades, também nas margens do rio, longe do desfile dos patos e de outros animais, eu fazia uma análise das nossas atividades com o meu mestre, este dormia um sono profundo, repunha as forças depois de uma noite exaustiva, a minha meditação podia se prolongar até a noite do dia seguinte, isso não me esgotava, eu estava antes feliz de manejar coisas abstratas e, já nessa época, eu tinha rapidamente aprendido a discernir as coisas, a procurar a melhor solução para um obstáculo, os homens estão equivocados ao se vangloriar disso, estou convencido de que eles não nascem inteligentes, eles se beneficiam certamente de uma aptidão para isso, a inteligência é uma semente que precisamos regar para ver um dia florescer, se tornar uma árvore frutífera bem enraizada, alguns ainda continuarão tão ignorantes e incultos quanto um rebanho de carneiros que se joga de um barranco porque um deles se jogou primeiro, outros ficarão idiotas assim como esse astrólogo cretino que cai no fundo de um poço ou mesmo esse corvo imitando a águia que sequestra um carneiro, outros ainda persistirão na sua imbecilidade a exemplo do lagarto que se excita, balança a cabeça ao longo do dia, esses humanos viverão na escuridão, a sua única consolação será a de serem homens, o velho porco-espinho que nos governava teria dito a respeito deles "são todos cretinos, serem homens é o último argumento deles, ora, não é porque a mosca voa que isso fará dela um pássaro", vou lhe dizer que nas minhas cogitações eu procurava compreender o que tinha por trás de cada ideia, cada conceito; eu sei agora que o pensamento é algo essencial, é ele que inspira nos homens a tristeza, a piedade, o remorso, até a maldade ou a bondade, e se o meu mestre varria esses sentimentos com as mãos, eu os provava depois de cada missão cumprida, senti muitas vezes as lágrimas rolarem dos meus olhos porque, palavra de porco-espinho, quando estamos cheios de tristeza ou de compaixão sentimos um aperto no coração, os pensamentos se tornam sombrios, nos arrependemos dos nossos atos, da nossa má conduta, mas, como eu só era um executor, consagrava a minha existência ao meu papel de duplo, chegava a superar as minhas ideias sombrias e depois me consolava murmurando que havia atos mais desonestos nesta terra, então eu respirava fundo, roía algumas raízes de mandioca ou de noz de palma, tentava fechar os olhos, dizer que amanhã seria um outro dia, rapidamente outra missão me era confiada, eu devia me preparar, sair do meu esconderijo, ir para perto da cabana ou do ateliê do meu mestre, escutar as suas instruções; é claro que eu podia me rebelar, é claro que eu sonhava em escapar do controle do meu mestre, eu pensava nisso de tempos em tempos, a tentação era grande, ao menos eu poderia ter evitado certos atos, estava como que paralisado e não fazia nada, não pude nem mesmo fazer algo antes de ontem quando eu só tinha como solução a covardia, a fuga à maneira de um duplo pacífico enquanto o meu mestre dava o último suspiro que iria conduzi-lo ao outro mundo, e eu assistia, impotente, à sua agonia, a essa cena que ficou gravada na minha memória, desculpe a minha emoção, a minha voz trêmula, preciso de um momento para respirar a bem ver eu não deveria mais ser deste mundo, deveria ter morrido anteontem junto com Kibandí, era o pânico, a surpresa, nós tínhamos sido pegos de supetão, nada tinha sido previsto para impedir os acontecimentos em tais circunstâncias, eu tinha me tornado um patético porco-espinho que fugia; na verdade não tinha imediatamente acreditado na minha própria sobrevivência, e já que um duplo morre no mesmo dia que seu mestre, eu me dizia que eu não passava de um fantasma, e, quando vi Kibandí soluçar, depois entregar a alma, fiquei na hora enlouquecido porque, como teria dito o nosso velho governante em seu tempo, "quando se cortam as orelhas, o pescoço deveria se preocupar", e eu, eu já não sabia mais o que fazer, aonde ir, andava em círculos, o espaço parecia se reduzir a minha volta, eu temia que o céu caísse sobre mim, tinha a respiração cortada, tudo me amedrontava, pensei que era preciso que eu tivesse agora mesmo a prova da minha existência, ora, como ser persuadido que existimos, que não somos apenas uma casca vazia, uma silhueta sem alma, hein, eu tinha para isso alguns truques eficazes que aprendi com os homens da região, bastava me perguntar o que diferenciava um ser vivo de um fantasma; a princípio refleti que, se eu pensava, eu existia, ora, eu sempre sustentei que os homens não tinham o monopólio do pensamento, por outro lado os habitantes de Sêkêpembê afirmam que os fantasmas também pensam já que eles retornam para assombrar os vivos, encontram sem dificuldade os caminhos que levam ao vilarejo, perambulam pelos mercados, vão dar uma olhadinha nos seus antigos domicílios, vão anunciar a sua morte nos vilarejos ao redor, se sentam num bar, pedem vinho de palma, bebem como esponjas, dizem pagar as dívidas contraídas enquanto vivos, e entretanto eles não existem a olhos nus, veja que eu não estava mais seguro de nada, precisava de uma outra prova, então tentei um truque velho como o mundo, esperei a aparição do sol no sábado, quer dizer ontem, saí do meu esconderijo, olhei para a esquerda, olhei para a direita, sentei-me no meio de um terreno vazio, mexi as minhas patas da frente, as cruzei, descruzei, e então, palavra de porco-espinho, eu nem acreditava, constatei com satisfação que a minha silhueta se mexia, seguia o ritmo dos meus membros, eu estava vivo, não tinha mais dúvidas sobre isso, e eu poderia ter ficado lá, juro, pois bem, não, não estava seguro, não queria fazer besteira, me decidi por procurar uma outra prova de vida, aquela que eu achava a mais eficaz, fui ver meu reflexo no rio, lá também mexi as minhas patas traseiras, as cruzei, descruzei, vi a minha silhueta fazer os mesmos movimentos, eu não era então um fantasma porque conforme aquilo que sei até agora, e sempre por intermédio dos humanos de Sêkêpembê, os fantasmas não têm silhueta, perdem a representação física, se transformam em coisas imateriais, eu não estava entretanto certo da minha existência apesar das provas irrefutáveis que teriam sido suficientes para qualquer aldeão, precisava de uma outra experiência, uma última, dessa vez mais física, e como eu passeava agora ao longo do rio eu primeiramente chafurdei na poeira depois, tomando coragem, me joguei na água, senti o frescor da nascente, disse a mim mesmo, agora muito seguro, que ainda estava vivo, o pior é que eu teria me afogado se não tivesse rapidamente saído do rio, e logo depois fui dar uma volta perto da cabana do meu mestre, para ver um pouco como as coisas estavam por lá, me escondi atrás do ateliê, percebi com estupefação o corpo de Kibandí sob um galpão de folhas de palmeira, ele tinha de fato partido para o outro mundo, mas o que mais me espantava era que, de longe, eu tinha a impressão de que o seu cadáver possuía uma cabeça de animal, digamos uma cabeça que se parecia com a minha, uma cabeça entretanto dez vezes maior, ou talvez fosse a apreensão da minha própria desaparição que me projetava essas ilusões, a morte estava lá, estava diante de mim, batia no ritmo do meu coração, podia dar um jeito em mim nos minutos ou horas seguintes, muitas questões me vieram à mente, por exemplo "e se um caçador me tomasse por sua presa, hein", ou ainda "e se uma inundação me levasse em direção ao turbulento rio Niarí, hein", essas interrogações me impediam de ficar sereno, estava nervoso, angustiado, o mínimo barulho me fazia retroceder, a covardia dos duplos pacíficos me ganhava, foi assim que fui me esconder numa gruta, era a primeira vez que colocava as minhas patas lá dentro, os meus medos não eram infundados já que me inquietei imediatamente pelos assobios de um réptil, não tive tempo de identificar a sua espécie, saí de lá rolando sobre mim mesmo, o medo na palma da mão, eu pensava que um réptil que assobiava como aquele só podia soltar um veneno mortal, não queria morrer daquele jeito, com um veneno mortal, saí rapidinho da gruta, era preciso atravessar a estrada em direção às últimas cabanas do vilarejo, lá ainda um perigo me aguardava, caminhões de transporte pegam essa rota uma vez por semana, eu não me lembrava mais em qual dia esses veículos sem freios passavam pela região, escolhi não cruzar a estrada, nunca se sabe, e caminhei pela vizinhança, a imagem do cadáver do meu mestre com a minha cabeça se impunha, eu perdia vários espinhos pelo caminho, e depois tive vergonha de mim, o lado humano tomando conta cada vez mais do meu lado animal, me achei patético, covarde, um pobre egoísta, disse a mim mesmo que não podia me entregar assim, no entanto não via mais o que fazer no estado em que estavam as coisas, eu iria no máximo suscitar a curiosidade dos cães batêkês[1] e o vilarejo inteiro iria me perseguir a fim de me abater, não resisti à pequena voz que me falava, ela crescia, me ordenava realizar um gesto digno de mim, um gesto que agradaria o defunto Kibandí, então voltei à cabana do meu mestre um pouco mais tarde, com o perigo de ser localizado pelos cães batêkês, felizmente esses vigias com rabos não estavam em seus postos, tive tempo de ver o que se passava no cortejo do meu mestre, estavam na verdade levando-o ao cemitério; Kibandí não teve direito ao funeral que dura pelo menos de cinco a seis dias no vilarejo, iam enterrá-lo menos de

---

[1] Nome dado ao povo que habita a África central, principalmente a República do Congo, o Congo e o Gabão. Esse povo cria historicamente cães e gatos para fins domésticos. O *chien batéké* magro é um pequeno cão de caça com pelo cinza de comprimento curto ou médio. [N.T.]

24 horas depois da sua morte, notei um pequeno grupo de homens transportando o corpo ao cemitério, reconheci a família Mundjulá, que estava na origem da morte do meu mestre, com seus dois filhos, os gêmeos Koty e Kotê, era mais uma formalidade do que um enterro de verdade, juro, ninguém chorava, palavra de porco-espinho, era por pouco que os aldeões não murmuravam "tudo se paga aqui embaixo, finalmente esse malfeitor do Kibandí está morto, que ele vá pro inferno", e ao ver como arrastavam o caixão aquilo foi pior que um rasgo no coração, estou certo de que se lhe prestaram um simulacro de última homenagem foi porque, queiramos ou não, no mundo dos homens se enterram os mortos independentemente da sua maldade, foi então que o feiticeiro entoou uma oração fúnebre bem contra a sua vontade, dois marmanjos se ocuparam rapidamente de recobrir a fossa, o cortejo partiu em silêncio enquanto eu não tirava os olhos da cruz fabricada com a ajuda de galhos mortos de uma mangueira, essa cruz um pouco tombada para a esquerda, que sobressaía do montinho de terra que servia agora de túmulo ao meu defunto mestre, distingui um velho lampião que os aldeões tinham deixado perto do sepulcro para que o defunto pudesse ver o seu caminho nas trevas da morte, e sobretudo para que ele não voltasse ao vilarejo entre os habitantes ao se infiltrar no ventre de uma mulher grávida; os aldeões estão aliás convictos de que os mortos que não têm um lampião perto do túmulo correm o risco de andar sobre os outros defuntos a quem eles devem respeitar, pois eles os precederam; achei esse ato muito gentil da parte das pessoas conscientes de que Kibandí só lhes tinha causado desgraças, vi o grupo voltar para o vilarejo em fila indiana, escutei os seus cochichos, as suas suposições acerca da morte do meu mestre, tapei as orelhas porque eles contavam coisas em que mal se podia acreditar, na verdade eu queria mesmo me aproximar da última moradia de Kibandí, aspirar a terra sob a qual ele repousava, não o fiz, me afastei na hora soluçando, me sentia culpado de ter antes escolhido a fuga como um covarde, me virei para observar uma

última vez o seu túmulo, enfim fui embora ainda sem saber para onde ir, a noite caía sobre o vilarejo, as sombras se formavam diante de mim, não via mais nada, achei por acaso um lugar para passar a noite, estava confinado entre duas pedras grandes, tive que cavoucar a terra por um bom tempo para conseguir um lugar, eu sabia que esse lugar era um abrigo provisório, que eu não devia me eternizar lá porque alguns aldeões afiam as suas enxadas nesse lugar antes de ir para os campos, e, durante a noite, resisti ao sono porque pensei que a morte e as trevas são amigas de longa data, e assim que consegui descansar um pouco, esquecendo a minha condição de condenado à morte e a imagem desse cadáver com a minha cara implantada em cima, sonhei que estava caindo numa fossa enorme, sonhei também que me encontrava no meio de flamas que devastavam a savana inteira, semeavam o pânico até mesmo entre nossos inimigos eternos que são os leões, os leopardos, as hienas manchadas, os chacais, as onças, os tigres ou as panteras; acordei sobressaltado, estava espantado de sentir zumbirem os meus espinhos, estava surpreso de distinguir as coisas, "eu ainda estou vivo, ainda estou vivo, não estou morto, palavra de porco-espinho", pensei, era preciso a qualquer preço sair desse lugar, e foi isso que fiz naquela hora faz no máximo algumas horas, quero dizer nos primeiros raios do amanhecer deste domingo do qual lhe falo, tirei a poeira que cobria meu ventre e meu traseiro, não percebi imediatamente porque nenhum aldeão tinha passado perto dessas duas pedras grandes onde tinha me retirado a noite toda, entendi em seguida que esse era um dia de repouso, senão eu teria visto os caçadores, os extratores de vinho de palma e outros camponeses que vão aos campos desde a aparição da aurora, e então, antes de sair das duas pedras, me estiquei, bocejei, segui meu instinto, andava em ziguezague, não sei como cheguei diante desse rio dessa vez abandonado pelos patos selvagens e outros animais, eu queria atravessá-lo para um lugar onde a água fosse mais rasa, preferi evitar isso com medo de me afogar, e foi enquanto procurava contornar o rio que me deparei com você, é por isso que desde hoje cedo, meu querido Baobá, estou ao seu pé, falo com você, falo ainda que esteja certo de que você não me responderá, ora, a palavra, me parece, nos salva do medo da morte, e se ela pudesse também me ajudar a afastar a morte, a escapar dela, eu seria então o porco-espinho mais feliz do mundo

na verdade, e tenho vergonha de admitir a você, eu não quero desaparecer, não tenho certeza de que existe uma outra vida após a morte, e se ela existe não quero saber de nada, não quero sonhar com uma vida melhor, o velho porco-espinho que nos governava tinha razão quando nos deixava com um dos seus pensamentos cujo efeito no grupo ele apreciava imediatamente "de tanto esperar uma condição melhor, o sapo ficou sem rabo por toda a eternidade", digamos que o sapo não apenas se encontrou sem rabo, além disso foi afetado por tal feiura que mesmo sentir pena dele seria uma ofensa, e então, meu querido Baobá, quando os homens falam da outra vida eles se iludem, coitados, e essa outra vida eles a veem sob um céu azul, com anjos em todo canto, só dizem coisas boas, eles se veem num jardim, numa savana tranquila onde o leão não terá mais presas, garras e soltará risadas em vez de rugidos, a morte não existirá mais, o ciúme, o ódio, a luxúria desaparecerão, os seres humanos serão iguais, eu, eu quero acreditar nessas coisas, o que é que me certifica entretanto que poderei pelo menos continuar sendo um porco-espinho, hein, talvez me reencarne em minhoca, em joaninha, em escorpião, em medusa, em lagarta das palmeiras, em lesma ou não sei que outro bicho execrável e indigno da minha espécie atual que me deixaria invejoso de qualquer outro animal, você vai talvez objetar que eu só falo da boca para fora, que sou um charlatão, um estúpido com espinhos, ora, eu não critico as outras espécies animais pelo prazer de exagerar, a modéstia é às vezes um obstáculo que nos impede de existir, é por isso que valorizo as minhas próprias qualidades desde que entendi que para nos aceitarmos como somos é melhor minimizar o repertório dos nossos defeitos, prefiro, por exemplo, os meus belos espinhos aos tumultos crônicos dos cães do vilarejo, não falo nem mesmo de certos pobres animais neste mundo onde sempre terá alguém mais deserdado que você, a lista é longa, seria mais fácil calcular as minhas dezenas de milhares de espinhos do que fazer um recenseamento dos animais que culpam o criador deste mundo, penso na pobre tartaruga e a sua carapaça rugosa, no elefante e a sua tromba pesada, no infeliz búfalo e os seus chifres ridículos, no imundo porco e o seu focinho que ele enfia na lama, na serpente desprovida de patas e que se move rastejando, no chimpanzé macho e os seus testículos que balançam como cabaças cheias de vinho de palma, não nomeio nem mesmo o pato e as suas patas achatadas que lhe impõem uma moleza de gastrópode, contamos assim uma multidão de pobres criaturas aqui embaixo, nossa espécie não tem nada a invejar das outras, e ainda que os humanos não tenham muita boa fé eles me dariam razão porque, palavra de porco-espinho, aqui eu me desculpo por levantar o tom de voz, ah não, não me contentava em roer as cascas a alguns metros do lugar onde dormia ou ainda em me esconder nas tocas como um inativo, não me satisfazia em comer os ossos dos animais mortos ou das frutas caídas de uma árvore, e, uma vez a minha missão acabada, lhe digo, retornava para a floresta, me encolhia na minha solidão, solidão que nunca me pesou até sexta-feira passada, eu refletia sobre o sentido a dar às minhas relações com o meu mestre, não lhe deixarei imaginar que nesses momentos eu era apenas um ser sobrecarregado, testado, que caiu na armadilha do seu estranho destino, ah não, quero então viver aqui e agora, viver tanto tempo quanto você, e depois, cá entre nós, não vou colocar fim aos meus dias sob o pretexto de que não teria mais direito à vida, você me entende, hein, tento ver as coisas pelo lado positivo, adoraria me divertir de tempos em tempos, mostrar que o riso não foi sempre próprio ao homem, palavra de porco-espinho

  não sei se você reparou hoje cedo quando comecei a falar com você, não quis chamar a sua atenção para esse fato insólito, percebi um lagarto de certa idade avançar na minha direção, ele parou a alguns metros, olhou para trás, colocou a língua para fora, agitou o rabo, e eu vi seus olhos arregalados pela estupefação, ele parecia congelado numa estátua de sal, estava tão horrorizado pela minha atitude de matraca sem interlocutor que saiu pela tangente, desapareceu num buraco de ratos com seus riscos e perigos, eu ri como um corcunda porque fazia muito tempo que não ria desse jeito, imediatamente contive esse estado porque tem gente que morre de rir neste vilarejo, e quando penso nesse pobre lagarto me digo que talvez fosse a primeira vez que ele surpreendia um animal se comportando como um ser humano, falando numa linguagem coerente, agitando a cabeça em sinal de aprovação, apontando uma das suas patas traseiras para o céu a fim de jurar; tive piedade desse réptil ainda que nosso governante tivesse frequentemente alegado que eu tinha muito medo de lagartos quando era pequeno, o dessa manhã deve ter pensado que estava sonhando, e eu, eu continuei a falar com você como se nada tivesse acontecido

  a minha escolha de me esconder ao seu pé não foi por acaso, não hesitei um só instante assim que o vi beirando o rio, me disse que seria ali que me abrigaria, quero na verdade tirar proveito da sua experiência de antepassado, só é preciso ver as rugas que se entrelaçam em volta do seu tronco para compreender como você soube se adequar à alternância das estações, até mesmo as suas raízes se prolongam longe, bem longe no ventre da terra, e, de vez em quando, você agita os seus galhos para impor uma direção ao vento, lembrar à natureza que só o silêncio permite viver tanto tempo assim, e eu, palavra de porco-espinho, eu estou aqui tagarelando, me espantando cada vez que uma folha morta escapa do seu topo, é preciso contudo que eu respire um pouco antes de prosseguir, tenho a respiração cortada, as ideias se misturam cada vez mais, acho que estou falando muito rápido desde esta manhã, tenho vontade de beber um pouco de água, me contentaria em lamber o orvalho do mato que me rodeia, não vou correr o risco de me afastar do seu pé, isso não, acredite em mim *como saí do mundo animal*

ela está bem longe, essa época na qual eu devia me separar do meu ambiente natural a fim de me aproximar daquele que era apenas uma criança e que eu chamava com afeição de "o pequeno Kibandí", os anos passaram, as lembranças são precisas como se tivesse sido ontem, Kibandí e seus pais viviam então no norte do país, bem longe daqui, em Mossaká, uma região de água, de árvores gigantes, de crocodilos e de tartarugas gordas como montanhas, tinha chegado a hora de abandonar o universo dos animais, de começar a minha existência de duplo, eu devia me revelar a meu jovem mestre, e o pequeno Kibandí *sentiu* a minha presença desde os primeiros dias em que comecei a me manifestar com mais insistência, a ajudá-lo a ver com mais clareza na vida, não sei o que teria acontecido se nossa fusão não tivesse acontecido o mais rápido possível, cheguei no momento exato, ele tinha dez anos, a idade exigida para receber um duplo nocivo, e, assim que eu cheguei às portas desse vilarejo do Norte, vi o menino atrás do seu pai, teríamos acreditado ser uma silhueta, eu tinha pena dessa criança que acabava de ser iniciada, essa criança que não conseguia mais acalmar a embriaguez causada pela absorção do *mayamvumbí*, o seu pai acabava de lhe fazer ultrapassar um grande obstáculo, um novo mundo se abria para ele, tinha se tornado uma nova criatura, o ser frágil que os aldeões de Mossaká viam atrás de Papa Kibandí era apenas uma marionete, uma espécie de envelope vazio cujo conteúdo tinha evaporado e esperava em algum lugar a hora para encontrar o seu duplo, formar com ele uma única e mesma entidade, o pequeno Kibandí não dormia mais, devia lutar contra os efeitos desse líquido ritual, e, durante esse tempo, da minha parte, eu me agitava cada vez mais na floresta, a savana se tornava invasiva, um lugar que eu não suportava mais, procurava um jeito de me subtrair dela para ir viver perto do vilarejo do meu jovem mestre, ignorava então que eu iria ser submetido à fúria do velho porco-espinho que nos governava, ele que xingava os humanos de todos os nomes ao longo do dia esse período foi o mais tumultuoso da minha existência já que eu fazia coisas para o menino e para nossa pequena família de porcos-espinho, eu provocava a cólera do nosso patriarca, ele estava cada vez mais intransigente, como se tivesse farejado as mudanças que ocorriam na minha vida, como se tivesse pressentido o que iria me acontecer, ele multiplicava doravante as reuniões, nos olhava de cima, levantava o tom de voz, se exprimia com gestos afetados, acariciava a barbicha com a ajuda das garras para enfim cruzar as patas traseiras, a cara virada em direção ao céu como um ser humano que invocava Nzambí Ya Mpungú,[2] nós não tínhamos nada a dizer já que a última palavra era dele, ele nos assegurava, por exemplo, que tal rio passava antigamente do outro lado, e assim que perguntávamos quanto tempo esse curso d'água demorou para fazer essa mudança espetacular o velho agitava os seus espinhos usados, fingia refletir de olhos fechados, nos mostrava o céu, eu, eu ria alto, isso o irritava a ponto de ele nos ameaçar, proferia o seu ultimato que nós conhecíamos de cor, "se é assim, não lhes direi mais nada sobre os homens e seus hábitos, vocês são uns ignorantes", e como nós ainda ríamos ele acrescentava, enigmático, "quando o sábio mostra a lua, o imbecil olha sempre para o dedo", mas como eu não freava mais meu desejo de ir ver o que se passava do lado dos primos-irmãos do macaco nosso velho porco-espinho se irritava, pedia aos outros compadres para não largarem da minha pata, será que ele sabia que eu devia entrar em cena assim que o menino Kibandí bebesse o líquido iniciático, hein, ele não sabia, meu querido Baobá, eu saia escondido, às vezes com a cumplicidade de dois ou três compadres a quem eu prometia contar os verdadeiros costumes dos humanos já que nosso velho porco-espinho pregava mais o exagero e apelava praticamente à guerra da espécie animal contra a espécie humana, os meus sumiços da savana duravam dias e noites, eu só me sentia melhor

---

[2] Nome dado a Deus em kikongo, língua bantu falada na República do Congo e em outros países africanos. [N.T.]

quando estava nas redondezas do vilarejo do meu futuro mestre, o governante ficava fora de si quando eu voltava para nosso território, me xingava de todos os nomes de aves, e, para diminuir ainda mais a minha imagem, repetia aos meus compadres que os humanos tinham feito com que eu perdesse a razão, que eu ia direto para a boca da raposa, que corria o risco de esquecer os nossos hábitos, que iria me afastar daquilo que fazia com que fôssemos os animais mais nobres da savana, e o nosso velho filósofo jurou que um dia eu cairia nas armadilhas que os homens faziam na savana, pior, eu poderia mesmo sucumbir às armadilhas ridículas das crianças de Mossaká que aprendiam a capturar aves graças à bacia de alumínio das mães, os outros porcos-espinho se dobravam em dois de rir porque, para eles também, era melhor cair numa armadilha feita por um verdadeiro caçador do que numa feita por um ser humano que ainda mamava na mãe, e, essas armadilhas de crianças, nós as víamos por todo lado às portas desse vilarejo do Norte, mas é preciso dizer, meu querido Baobá, que só as aves de Mossaká se deixavam capturar dessa maneira, penso sobretudo nos pardais que são os pássaros mais tolos do país, não quero generalizar a idiotice deles às outras espécies de vertebrados cobertos de plumas, dotados de um bico e cujos membros traseiros servem ao voo, ah não, tenho certeza que existem espécies inteligentes entre as aves, ora, os pardais de Mossaká tinham um quociente intelectual tão baixo que me inspirava piedade, todos os pardais do mundo devem ser parecidos, entendo que sejam afastados da realidade do que se passa na terra devido ao fato de voarem aqui ou acolá, as armadilhas das crianças do Norte eram destinadas a eles, esses pequenos humanos dispunham no meio de um vasto terreno bacias suspensas com a ajuda de um pedaço de madeira em volta do qual eles amarravam um longo fio que mal se podia ver, então se escondiam num arbusto, a uma centena de metros, e os infelizes, seduzidos pelas sementes espalhadas em volta das bacias, se agitavam, piavam sobre o topo das árvores antes de decidir unanimemente aterrissar sem tomar o cuidado de designar alguns vigias que os alertariam em caso de pepino, depois os meninos tiravam o fio de armadilha para idiotas enquanto os pardais se encontravam prisioneiros sob o recipiente, mas o que era estranho, meu querido Baobá, era que nenhum deles farejava esse perigo que teria saltado aos olhos de qualquer animal mesmo desprovido de experiência, esses voláteis não eram capazes de dizer que era curioso encontrar um recipiente no meio de um terreno vazio, que era estranho que tivessem sementes na terra e que outras bestas com bicos as ignorassem, eu jamais caí nesses truques, senão não estaria aqui para lhe contar tudo isso, e então, os meus compadres, doutrinados pelo nosso governante, já imaginavam que eu iria cair nessas armadilhas, "o tambor é feito da pele do veadinho que se afastou da sua mãe", profetizava nosso australopiteco, persuadido de que eu não compreendia o sentido das suas palavras, e as suas afirmações suscitavam uma grande bagunça no grupo, vários compadres as repetiam a todo o tempo, imitavam os gestos do patriarca, aliás tinham começado a me azucrinar me chamando de "veadinho" até o dia em que, irritado pelas piadas que não me faziam mais rir nadinha, eu lhes expliquei que veadinho era o filhote de uma fera, de um veado, de um gamo ou de um cervo, ora, eu, eu era um porco-espinho, um porco-espinho orgulhoso de sê-lo

já que o animal que vira o duplo nocivo de um ser humano deve abandonar o seu meio natural, sua família, foi então lá em Mossaká que a minha separação com os membros do nosso grupo foi consumada, nós tínhamos entretanto a sorte de viver em comunidade quando se sabe que o porco-espinho tem a reputação de ser um animal solitário, e nosso velho governante dava conselhos toda noite, proferia suas generalidades, eu via bem que ele falava de mim disfarçadamente quando afirmava que nada era insubstituível na floresta, que porcos-espinho pretensiosos, ele os tinha conhecido, que sabia como colocá-los em seus lugares, e como eu não retrucava ele se tornava mais preciso, resmungava frases do tipo "o peixe que desfila no afluente ignora que acabará cedo ou tarde como um peixe salgado vendido no mercado", ele não hesitava mais em lembrar que eu era órfão, que sem ele eu não teria sobrevivido, contava que os meus progenitores eram tão teimosos quanto eu, que eles tinham abandonado essa terra algum tempo depois da minha vinda ao mundo, eu tinha só três semanas, e nosso governante se vangloriava de ter me acolhido, ele e sua defunta fêmea, detalhava como eu defecava ao longo do dia, como eu não passava de um preguiçoso, como os pequenos lagartos me assustavam, e os outros riam ainda mais, foi também por ele que aprendi sobre os costumes dos meus progenitores, parece que eles amavam frequentar a espécie humana, sumiam de noite, erravam sem rumo ao lado dos humanos de Mossaká, só voltavam na manhã seguinte, morriam de sono, os olhos vermelhos, as garras entrevadas, passavam o dia todo dormindo como bichos-preguiça, o governante não tinha nenhuma explicação para isso, comecei a reconstituir aos poucos o que tinha sido a existência deles, não tinha mais dúvidas quanto a isso, eles eram duplos nocivos, cheguei a essa conclusão no dia que senti em mim o chamado do jovem Kibandí, aceitei a ideia de que eu descendia de uma linhagem de porcos-espinho cujo destino era o de servir aos humanos, não para o melhor, mas para o pior, e eu me irritava com nosso governante cada vez que ele falava da morte dos meus progenitores, ele fingia que tinha tentado espiá-los uma noite para ver aonde eles iam com tanta pressa, mas eles o despistaram entre dois arbustos pois o velho já tinha problemas de vista na época, uma semana se passou sem que dessem notícias, depois teve esse dia sombrio, o oitavo dia do sumiço deles, esse dia de tristeza no qual uma coruja com a pata esmagada pelas armadilhas dos homens sobrevoou nosso território, veio, parecia, anunciar ao governante a má notícia que estava na goela da maior parte dos animais da nossa área, ela lhe contou que um caçador tinha abatido os meus progenitores não longe de Mossaká, todo o grupo teve que se mudar apressadamente e achar um território a muitos quilômetros de lá

    nunca soube do destino dos meus progenitores já que não os tinha conhecido, deixava o velho porco-espinho contar suas mentiras aos outros, eu confiava no meu instinto, desaparecia cada vez mais da savana, aliás não espaçava mais as minhas escapadas, e pela primeira vez desapareci por quatro dias e quatro noites seguidas, só seguia reto diante de mim, mais nada me fazia parar, era mais forte que eu, e os compadres, perturbados, me procuraram por todo canto, vasculhavam os bosques onde costumávamos beber enquanto um de nós observava se não tinham caçadores emboscados nas proximidades, eu não estava lá, e, em desespero de causa, eles se informavam com outros animais da nossa espécie, estes não sabiam de qual porco-espinho lhes falavam quando me descreviam, alguns diziam que eu avançava vasculhando cada centímetro quadrado, outros acrescentavam que eu costumava me esconder atrás das árvores como se temesse sempre um perigo, e naquele dia o governante especificou que eu tinha um passo de porco-espinho cuja pata tinha sido machucada por uma armadilha de criança que ainda mamava na mãe, ele fingia que eu claudicava, que eu capengava, vários dos meus compadres denunciaram essa mentira cabeluda, continuaram suas buscas porque me apreciavam, e como eu adorava me enterrar nas cavidades dos troncos das árvores, em particular de árvores como você, eles examinavam primeiro as cavidades dos Baobás, depois das palmeiras ao redor, atrapalhavam na passagem a intimidade dos esquilos que não deixavam de lhes bater com nozes de palma antes de os xingar na língua deles, e eu, durante esse tempo, estava perto de Mossaká com o intuito de me impregnar da criança da qual seria o duplo, tinha uma vaga ideia sobre ela pois a via em sonho quando, no coração da noite, sentia em mim uma vibração vinda de não sei onde e que só percebiam os animais predispostos a fundir com um ser humano, ora, eu queria ter certeza de que não me confundira de criança, estava longe de pensar que iria me eternizar em Mossaká, que iria abandonar os meus compadres para sempre na verdade, meu querido Baobá, naquela época eu não tinha partido do nosso território com a ideia de não mais voltar, juro que queria a vida em comunidade, estava convencido de que podia levar uma vida dupla, viver uma de noite, outra de dia, que podia ao mesmo tempo estar perto do meu mestre e continuar ao lado dos meus compadres, o que era infelizmente incompatível com a natureza de duplo, e foi então, durante meu périplo em direção a Mossaká, que senti em mim o líquido que acabavam de fazer o jovem Kibandí beber, comecei a vomitar, as vertigens me atrapalhavam a vista, os meus espinhos se tornavam cargas difíceis de carregar, só olhava para o que estava a minha frente, um pouco como se o menino me chamasse em socorro, ele precisava de mim, eu devia estar lá, senão o pior iria lhe acontecer, eu tinha a sua vida entre as minhas patas, respirava o sopro que vinha dele, eu era ele, ele era eu, e para reestabelecer as coisas eu devia me manifestar urgentemente, o meu coração ia explodir, não sabia mais quem eu era, onde estava e o que ia fazer em Mossaká, eu devia avançar, andar, seguir o primeiro caminho que encontrasse diante de mim, tinha quilômetros e quilômetros a percorrer, claro que eu não podia chegar no mesmo dia, mas devia partir, e, como chovia naquele dia, chegando na metade do percurso fui obrigado a me retirar à noite numa gruta até o dia seguinte, é preciso dizer que não gosto muito da chuva porque vários dos nossos compadres morreram levados pelas águas até o coração das cascadas do rio Niarí, só encontrei no interior da gruta alguns sapos e pequenos ratos a quem eu podia intimidar, alcancei as paragens de Mossaká no dia seguinte ao pôr do sol, e então, chegando enfim à porta do vilarejo, acabado, com baba na cara, pálpebras pesadas, dormi atrás de uma cabana perto de um rio que descobria pela primeira vez, era um braço do Niarí que corta o país em dois, repousei ali, decidi que tomaria um tempo para procurar a cabana da família Kibandí na manhã seguinte porque, me arriscando em plena noite, seria apanhado por caçadores ou cães batêkês, e foi no meio da noite que senti uma corrente de ar, folhas mortas voando, depois um barulho estranho como se alguma coisa viesse na minha direção, "palavra de porco-espinho, é um homem, é um homem que me viu e quer me abater, preciso fugir", eu disse a mim mesmo num momento de pânico, quis imediatamente sair do meu esconderijo, salvar a minha pele, infelizmente estava paralisado, impossibilitado de mexer uma pata sequer, como se me tivessem feito dormir, mas estava enganado, era antes o barulho de um *animal* que se movia, ericei os meus espinhos sem nem ter identificado antes o animal que se aproximava cada vez mais, esperava que fosse menor que eu, que temesse os meus espinhos, estava pronto para projetá-los se fosse necessário pois eu conseguia fazer isso diferentemente da maioria dos meus iguais, não precisei chegar a esse ponto, não tive que usar as minhas cartas na manga,[3] respirei fundo, me acalmei quando descobri enfim o animal diante de mim, quase morri de rir, dei razão ao nosso governante que sustentava que durante os meus primeiros meses na terra eu me assustava até com a visão de um pequeno lagarto, nesse dia eu não precisava me assustar, era só um pobre rato que parecia ter errado o caminho e se encontrava diante de mim, tive dó dele, talvez quisesse informações, eu não podia fazer nada por ele, não conhecia as redondezas, e depois, mudando de ideia, disse a mim mesmo que esse rato parecia ainda assim bizarro, sua aparência de lesma revelava o peso da idade que acabou por imobilizar suas patas traseiras, esse rato não era como os outros, estava lá por uma razão específica, talvez para me eliminar, me impedir de chegar até o pequeno Kibandí, me desafiava agora com os olhos exorbitados, mexeu o beiço, eu continuei parado, o deixei crer que não seria um rato de Mossaká que me faria estremecer, que na minha existência já tinha visto

---

[3] Em francês, Mabanckou usa a expressão "le jeu n'en veut pas la chandelle", que data do século XIX, quando se utilizavam castiçais para iluminar os jogos de apostas. Dizia-se que "o jogo não valia o castiçal" quando a soma de dinheiro ganhada era menor do que o preço do castiçal. Corresponde a "não valer a pena" em português, mas optei, na tradução, por uma expressão que remetesse, de alguma forma, ao original, chegando por fim à expressão "usar as cartas na manga", que alude ao jogo de cartas. [N.T.]

outros mais impressionantes, e ele rodou em torno de mim, cheirou meu sexo, o lambeu antes de desaparecer num buraco de uma casa a uma centena de metros de lá, entendi enfim que essa casa era aquela que eu procurava, o velho rato era o duplo nocivo de papai Kibandí, ele vinha confirmar meu *status* de duplo do seu filho, era o fim da transmissão que tinha começado com a absorção do líquido iniciático, e a transmissão acontece desta maneira, primeiro entre os seres humanos, o iniciador e o iniciado por meio da absorção do *mayamvumbí*, depois entre os animais, o duplo animal do iniciador tendo que lamber o sexo do duplo animal do seu jovem iniciado, na verdade o duplo de papai Kibandí queria se assegurar de que o animal que iria viver com o seu filho era corajoso, um animal que podia guardar o seu sangue-frio diante do perigo, se eu tivesse mostrado sinais de pânico, se tivesse procurado fugir, ele teria me eliminado sem sombra de dúvidas, e ele tinha sido bem atendido, meu querido Baobá

como fazia já quatro dias e quatro noites que eu tinha desaparecido da savana para Mossaká, o acontecimento chegou aos ouvidos dos animais do nosso entroncamento, um rumor se espalhou a respeito de um porco-espinho morto ao pé de uma palmeira, os meus compadres foram para lá correndo, revolveram várias vezes o cadáver do pobre animal carcomido pelas formigas vermelhas, concluíram entretanto que esse porco-espinho não se parecia comigo em nada porque ele tinha uma má formação no nível do focinho, eles não se iludiram, não iriam passar o resto da vida me procurando, deviam se curvar à realidade, tomar as medidas que se impunham, voltaram para a savana em fila indiana, já imaginava nosso governante confirmando com satisfação a minha morte aos outros compadres, lhes explicando que eu tinha sido pego pelas armadilhas dos meninos de Mossaká, eu suspeitava que ele tinha acrescentado que eu era teimoso por natureza, que eu era altivo como os homens, que eu falava muito, que a minha pretensão me levou à ruína, que eu preferia a vida doméstica à liberdade da savana, eu imaginava também que, como de costume, sem dúvida com a intenção de me golpear por trás igual a esse animal idiota que os humanos chamam de burro,[4] ele tinha se lançado num longo discurso moralista e que, para ilustrar suas afirmações, tinha evocado uma fábula que nos contava com deleção, uma fábula que nos empurrava à reflexão, *O rato da cidade e o rato do campo*, eu penso que ele tinha contado aos outros que um dia o rato da cidade tinha convidado o rato do campo, e os dois animais estavam comendo com os homens quando escutaram o chefe chegar, saíram de fininho, e quando o barulho enfim parou e o perigo parecia ter dissipado, o rato da cidade propôs de novo ao seu compadre do campo de voltarem para terminar a refeição, o rato do campo declinou essa proposta, lembrou o seu compadre da cidade que na savana ninguém o interrompia quando ele fazia uma boquinha, e então, meu querido Baobá, nosso velho governante talvez tenha ridicularizado numa fórmula violenta a moral dessa fábula que muitos dos meus congêneres não tinham compreendido uma vez mais apesar das explicações que eu lhes murmurava enquanto o velho concluía com um ar desprendido "despreze o prazer que o medo pode corromper", e ele deve ter murmurado, "para que serve a fartura quando não se tem a liberdade, hein", então, acredite, ele tinha de todas as formas possíveis demonstrado que o que tinha acontecido comigo poderia acontecer com aqueles que tentassem se aventurar nas terras dos homens, "*é assim que se acaba o destino de um inconsciente, de um pequeno tagarela que eu vi nascer, que eu acolhi, um pequeno que morria de medo de lagartos, que defecava por todo lado, um pequeno que não tem o menor reconhecimento porque a natureza quis que tivéssemos todos espinhos, a pele do veadinho serviu de*

---

[4] Aqui Mabanckou refere-se à expressão "le coup de pied de l'âne", que faz alusão a um insulto ou maldade feita por alguém mais fraco a alguém mais forte, mas sem condições de se defender. É também uma alusão à fábula de La Fontaine, *Le lion devenu vieux*, em que o burro só se atreve a dar um coice no leão quando este já está caído, quase morto, indefeso. [N.T.]

tambor aos homens, que isso lhes sirva de exemplo", ele talvez tenha concluído, e era, imagino ainda, um dia triste para os meus semelhantes, o velho porco-espinho não devia ter interrompido no entanto o seu sermão porque, volúvel como ele o era, adorava ilustrar suas afirmações ao menos com duas ou três fábulas que ele sabia devido a seus avós, tenho certeza que ele tinha evocado a fábula preferida dos meus compadres, *A andorinha e os passarinhos*; parece que existia antigamente uma andorinha que tinha viajado muito, visto muito, aprendido muito, incorporado muito das suas viagens a ponto de agourar o mínimo sinal de tempestade aos marinheiros, e a andorinha em questão, segura do seu saber e da sua experiência de migrante, se dirigiu um dia aos passarinhos despreocupados a fim de lhes prevenir contra o perigo que eles correriam com o começo da semeadura dos homens, a andorinha os advertiu de que as semeaduras trariam logo sua ruína, de que era preciso custe o que custar sabotar os grãos, comê-los uns atrás dos outros, senão eles só teriam como destino a gaiola ou a panela; nenhum desses passarinhos escutou a sábia andorinha, cobriram as orelhas com suas asas para não escutar esses raciocínios de uma criatura com penas que, segundo eles, tinha perdido o discernimento com o intuito de percorrer o mundo sem objetivo preciso, e quando a premonição se realizou com grande surpresa da assembleia de passarinhos, vários entre eles foram capturados, feitos de escravos, é talvez nesse estágio da sua história que nosso governante deve ter concluído a fábula dizendo "e nós só acreditamos no mal quando ele chega", não duvido também de que ele tenha arriscado na passagem algumas outras alegorias que ninguém conseguiu decifrar na minha ausência já que, como lhe disse, era eu quem tentava explicar aos outros o sentido oculto das parábolas e dos símbolos do velho porco-espinho, e quando ele acabava de contar *A andorinha e os passarinhos*, seguro da sua sabedoria, soltava com um ar grave que somente ele sabia fazer "eu, eu sou a andorinha em questão, e vocês, vocês são esses pequenos passarinhos inconscientes, não podem compreender, são palavras sábias que ultrapassam vocês", e se os meus compadres ficaram perplexos o velho deve ter lhes disparado uma fórmula ainda mais violenta, do tipo "vocês não entendem nada de nada, somente o velho sábio pode escutar o grilo ejacular", mas dessa vez ele deve ter dito, com mais gravidade na voz "vamos, passemos a outra coisa, nada é insubstituível nessa savana, azar desse veadinho que se comportava como os humanos"

vou dizer que com meu desaparecimento muitos devem ter ficado aflitos, sobretudo aqueles que eram fãs das histórias de homens que eu lhes contava quando o velho nos dava as costas, fingia se entregar a uma meditação profunda, nos dizia para o deixarmos tranquilo em seu recolhimento de patriarca, ia para o topo de uma árvore, fechava os olhos, balbuciava rezas, eu acreditava ter escutado palavras proferidas por um verdadeiro primo-irmão do macaco já que os grunhidos e os murmúrios de um porco-espinho têm uma surpreendente consonância humana, o que garante entretanto meu orgulho até o momento presente é que estou seguro de que vários dos meus compadres não perderam a esperança de me rever um dia, eu era muito prudente para me deixar capturar como um besta pelos meninos de Mossaká, eles deviam se lembrar que eu já lhes tinha mil vezes falado dessas armadilhas das quais tirávamos sarro, eles reconheciam a minha lucidez, o meu faro, a minha inteligência, a minha rapidez, a minha astúcia, eles sabiam que eu podia despistá-los com uma virada de pata, então talvez os meus companheiros tivessem começado a imaginar o dia do meu retorno entre eles, um grande dia, eles ririam na cara do governante, lhe diriam que esses momentos de sabedoria não passavam de pura fachada, me fariam mil perguntas sobre meu desaparecimento, a minha intromissão no mundo dos primos-irmãos do macaco, por que lhe esconder que as primeiras questões que me teriam feito seriam sobre a condição humana, a relação dos homens com os animais, os meus compadres sempre quiseram saber se os primos-irmãos do macaco estavam convencidos de que nós éramos capazes de refletir, de conceber uma ideia, de formulá-la até o final, eles também sempre quiseram saber se os homens tinham consciência do mal que infringiam aos animais, se se davam conta da sua arrogância, da sua superioridade autoproclamada, vários entre eles só conheciam na verdade os homens pelos preconceitos que nos dizia o governante porque eles nunca tinham colocado as patas no coração de um vilarejo, então eles só viam os homens de longe, acontecia de se torcerem de rir, de reclamarem dos humanos porque eles não utilizam os membros superiores para se movimentar de um ponto a outro, preferindo se impor um deslocamento com a ajuda dos pés, só para mostrar às outras espécies que eles são superiores a elas, os meus compadres escutavam com interesse as caricaturas que nosso governante fazia da espécie humana, este proclamava que o Homem era indefensável, que não merecia nenhuma absolvição, que era a pior das criaturas que podiam existir sobre a terra, que não tinha circunstâncias atenuantes, e já que os humanos nos fazem levar a vida dura, já que eles são hostis e surdos ao nosso chamado à coexistência pacífica, já que são eles que vêm nos caçar na savana, já que não compreendem a necessidade de um acordo depois de uma longa batalha que os dizima, que deixa traços indeléveis nas suas memórias, pois bem, é preciso lhes dar o troco, é preciso levar em conta até mesmo os seus filhos que acabaram de ver o dia porque "os filhotes do tigre não nascem sem as suas garras", assim falava nosso governante, e veja você, meu querido Baobá, que ele não levava de maneira alguma o gênero humano no seu coração

a minha morte se tornou logo uma certeza em nossa comunidade, eu presumo que foi o governante que decidiu que o grupo devia mudar de lugar o mais cedo possível porque, meu querido Baobá, assim que um de nós morria, emigrávamos durante dois ou três dias à procura de um novo território, duas razões nos impeliam a essa dolorosa migração, pensávamos primeiramente que a mudança de lugar era a única saída contra nossas angústias e pavores na medida em que nutríamos um medo cego do além-vida, acreditávamos na verdade que o outro mundo não passava de um universo de criaturas aterrorizantes, aliás o governante tirava proveito disso para nos explicar que assim que um porco-espinho morria ele voltava alguns dias depois sob os traços de um espírito nocivo entre os seus compadres vivos, se tornava gigante, com espinhos rígidos, mais longos e mais pontudos que as zagaias dos caçadores, e sempre segundo ele os espinhos de um tal porco-espinho tocavam as nuvens, cobriam o horizonte, impediam o dia de nascer, nós vivíamos então com medo desse fantasma que retornaria do reino dos mortos com o intuito de nos aterrorizar, de nos impedir de dormir, de nos arrancar nossos lindos espinhos, de nos ameaçar com os seus longos espinhos envenenados, mas a segunda razão que nos fazia migrar em seguida da morte de um dos nossos relevava antes um instinto de sobrevivência, estávamos convencidos de que um homem que tinha abatido um animal num certo lugar estaria tentado a voltar a esse lugar, "um animal prevenido vale por dois", dizia o governante quando o medo do fantasma de um porco-espinho mal-intencionado não era mais suficiente para nos convencer da necessidade de uma migração, e se acontecia de nós contrariarmos sua decisão apesar das suas intimidações, ele lançava, misterioso, "confiem em mim, eu sou como um surdo que corre até perder o fôlego", e acrescentava em seguida, "e se virem um surdo correr, meus pequenos, não façam perguntas, o sigam pois ele não escutou o perigo, ele o viu", é portanto por essas razões que os meus tinham talvez abandonado esse território onde tínhamos nos fixado desde um certo tempo, não tinham deixado nenhum indício que poderia ter me conduzido até o novo território deles, e ainda que alguns tivessem pensado em me orientar em direção ao novo lugar de maneiras dissuadidas, por exemplo, abandonando nozes de palma ao longo de uma trilha, espinhos pelo chão, derrubando excrementos ou urina por aqui e por ali, marcando o tronco de cada árvore com as garras, esmagando as flores dos juncos, isso não teria servido a nada, o governante teria apagado suas tentativas, é provável que ele tenha ficado atrás do grupo a fim de melhor observar o périplo, de culpar os espertinhos, e sobretudo de fazer desaparecer os indícios

foi assim que no quinto dia, quando voltei ao nosso território com o objetivo de descansar um pouco após o contato com o jovem Kibandí, não tinha encontrado nenhum dos membros do grupo, tudo estava calmo, as tocas estavam vazias, entendi enfim que o governante tinha dado ordem de evacuar, eu tinha sido declarado morto para os meus, comecei a soluçar diante desse vazio, cada barulho nos bosques me dava a esperança de rever um dos meus compadres que viria me enlaçar, esfregar os seus espinhos contra os meus em sinal de reconhecimento, me azucrinar me chamando de "veadinho", e assim que escutei enfim um barulho os meus espinhos começaram a se agitar de alegria, infelizmente meu entusiasmo durou pouco, percebi em seguida que era apenas um caxinguelê[5] que se aventurava por ali, o barulho do seu riso irônico já dizia muito, até agora eu não entendo por que esse amadores de noz de palma nos devotam tal ódio a ponto de acharem que nossa infelicidade é a felicidade deles, evidentemente eu não respondi às suas provocações, às suas risadinhas bobas, continuei sozinho durante seis dias, foi apenas no sétimo dia que notei um esquilo de certa idade nas redondezas, e, como os esquilos pelo menos nos são mais simpáticos porque nunca brigamos com eles, perguntei a ele se tinha visto um grupo de porcos-espinho sair da região alguns dias antes, ele morreu de rir também, multiplicou os tiques que nós reprovamos aos seres da sua espécie, os esquilos têm de fato tendência a se agitar por nada, revirar os olhos, mexer o nariz, balançar a cabeça de maneira

---

[5] No original se lê "rat palmiste", mas optei pelo termo "caxinguelê", oriundo do quimbundo *kaxinjiang'elê*, "rato de palmeira", por fazer ressoar uma língua africana. [N.T.]

epilética, o que lhes dá uma aparência mais do que ridícula, mas, preste atenção, esses tiques os salvam às vezes do fuzil apontado para eles pelos homens, e eu constatava que ele arrastava um rabo cortado, sem dúvida tinha escapado por um triz de uma armadilha dos humanos, a ferida ainda estava aberta, eu não quis me demorar sobre as razões do seu infortúnio, e então, depois do seu riso louco seguido de uma série desses tiques burlescos, ele coçou o traseiro antes de resmungar "estou espiando-o faz um tempo, me perguntava mesmo por que você chorava assim, é então porque está procurando os seus, num é, hein, para dizer a verdade num vi não nenhum porco-espinho andando por essas bandas faz alguns dias, pelo contrário está bem calmo por aqui nos últimos tempos, parece que num tem mais nada não para rangar e que todo o mundo dá no pé, mas bom, se você num tem onde viver a gente pode acolhê-lo em nossa comunidade, será um prazer apresentá-lo aos meus compadres, sobretudo porque a estação das chuvas que está chegando corre o risco de ser rigorosa e sem piedade de acordo com essas nuvens baixas e pesadas como a pança de um asno, venha comigo, nós devemos nos ajudar, nos dar a pata, você entende o que quero dizer, hein", eu não me via vivendo com os esquilos, suportando os seus tiques, compartilhando as suas nozes, arbitrando as suas brigas por uma amêndoa podre, subindo nas árvores ao longo do dia, fiz que não com a cabeça, ele tentou me persuadir, continuei inflexível, antes morrer que me rebaixar a esse ponto, eu disse a mim mesmo, e ele fez "você acha que é quem, hein, o orgulho não dará jamais casa a um vagabundo", e eu respondi, "a casa do vagabundo é sua dignidade", ele se calou, me olhou com desprezo antes de lançar no fim "escute, amigo espinhoso, eu lhe propus nossa hospitalidade, você a recusa, eu queria mesmo ajudá-lo a reencontrar os seus, mas estou com pressa agora como você pode ver aqui, os meus compadres me esperam faz tempo, eles me enviaram para procurar algumas nozes, posso no máximo lhe dizer que sua família partiu pro outro lado, atrás de você", e com a cabeça ele me indicou o horizonte, lá onde o céu e a terra se encontram, lá onde as montanhas se tocam, parecendo apenas um pequeno monte de pedras, eu sabia que ele estava fingindo, que se exultava de me ver nesse estado de tristeza, "sinto muito, preciso ir, lhe desejo sorte daqui para frente, e que sua dignidade lhe conceda uma casa", disse ele, eu o vi partir sem se virar, olhei o horizonte, depois o céu, enxuguei as minhas lágrimas, fiquei andando em círculos por alguns minutos, sempre esse vazio, essa impressão de que o silêncio tinha os olhos sobre mim, olhos cúmplices da mudança dos meus compadres, a imagem da nossa comunidade estava diante de mim, eu revia o governante falar, rezar, resmungar ordens, derrubei mais lágrimas nesse instante, e, inspirando longamente, os espinhos a meia haste, disse a mim mesmo "não importa, vou viver sozinho agora", e, dois dias mais tarde, assombrado pela solidão e pela tristeza, retomei o caminho do vilarejo do meu jovem mestre

foi assim, meu querido Baobá, que eu saí do mundo animal a fim de me colocar a serviço do pequeno Kibandí que acabava de ser iniciado em Mossaká, esse pequeno que eu iria seguir bem mais tarde em Sêkêpembê, esse pequeno que eu não iria mais largar durante décadas até a sexta-feira passada quando não pude fazer nada para evitar a sua morte, ainda estou afetado, não queria que me visse aos prantos, vou então virar de costas para você por decência e respirar um pouco antes de prosseguir *como Papai Kibandí nos vendeu o seu destino*

o meu mestre não tinha passado um só dia da sua vida sem rever essa noite quando o seu pai nos tinha vendido o seu destino, e as imagens da iniciação se impunham sobre ele, ele se revia em Mossaká, com 10 anos, em plena noite, uma noite cheia de corujas, de morcegos, essa noite em que Papai Kibandí o tinha acordado à revelia da sua mãe para o arrastar à força pela floresta, e bem antes de sair da cabana o pequeno Kibandí assistiu a uma cena tão pouco provável que ele esfregou os olhos várias vezes, constatou de fato que o seu pai estava ao mesmo tempo deitado ao lado da sua mãe e em pé ao seu lado, tinha portanto dois Papais Kibandí na casa, os dois se pareciam como duas gotas d'água, um estava imóvel, deitado na cama, o outro estava em pé, em movimento, e o menino, repleto de pânico, gritou, mas o pai em pé colocou uma mão na sua boca e lhe disse "você não viu nada, eu sou eu, e aquele que está deitado ao lado da sua mãe, pois bem, também sou eu, eu posso ser ao mesmo tempo eu mesmo e o *outro eu mesmo* que dorme, você entenderá logo", o pequeno Kibandí quis escapar, o pai em pé o segurou de um só tranco "você não pode correr mais rápido que eu, e, se escapar, será o outro eu mesmo que mandarei ao seu encalço", o pequeno Kibandí olhou novamente um de cada vez o seu pai em pé e o outro ele mesmo do seu pai, tinha a impressão de que o raptavam, de que era preciso talvez acordar esse outro ele mesmo do seu pai que viria então salvá-lo, se perguntou entretanto se era mesmo aquele o seu verdadeiro genitor, e, então, o pai em pé o deixou matar a curiosidade antes de sinalizar com a cabeça, isso queria dizer que era a ele que o menino deveria se dirigir, era ele o pai, o verdadeiro, o pequeno Kibandí não tinha mais voz, o pai em pé balançou novamente a cabeça, principiou um sorriso enigmático, meu jovem mestre lançou com desespero um último olhar para a cama dos seus pais, sua mãe tinha agora uma das mãos sobre o peito de Papai Kibandí dormindo, "o outro eu mesmo não acordará se as coisas não forem feitas conforme querem nossos ancestrais, e se ele acordar agora, você não terá mais pai, venha, o caminho é longo", pegou o menino pela mão direita, praticamente o pressionou, a porta continuou meio fechada, eles desapareceram na noite, o pai não soltou um só instante a mão do filho como se temesse que ele saísse de fininho, a caminhada foi interminável, pontuada pelo pio dos pássaros da noite, e quando chegaram enfim ao coração da savana a lua os espiava discretamente, o pai liberou a mão do meu jovem mestre, ele sabia que este não podia mais sonhar com a fuga devido ao seu medo das trevas, Papai Kibandí afastou então um emaranhado de trepadeiras, se orientou em direção a uma plantação de bambus, achou uma velha pá dissimulada sob um monte de folhas mortas, a criança não tirou os olhos dele, eles retornaram, se encontraram numa clareira, se escutava um rio correr um pouco mais abaixo, e Papai Kibandí, com sua voz rouca, entoou uma canção, começou a cavar com a virtuosidade dos *desenterradores*, esses ladrões de mortalhas que, uma vez tendo cometido o roubo e profanado a sepultura do cadáver, lavavam em seguida os seus panos no rio, os dobravam num saquinho, iam revendê-los a bom preço nos vilarejos vizinhos onde se desenrolavam os funerais, Papai Kibandí ainda cavava, os golpes da pá acabavam com o silêncio da savana, e após vinte minutos, quase uma eternidade para meu jovem mestre, o pai jogou o seu instrumento sobre o monte de terra, soltou um suspiro de alívio, "aqui está, perfeito, estamos aqui, você logo vai ser libertado", deitou de bruços, mergulhou sua mão no buraco para fazer sair um objeto enrolado num pedaço de pano sujo, o menino descobriu um cantil e um copo de alumínio, Papai Kibandí primeiro agitou o cantil várias vezes antes de despejar o *mayamvumbí* no copo, deu ele mesmo um gole, fez estalar a língua, estendeu em seguida o copo ao filho que recuou dois passos, "mas o que é que você está fazendo, hein, é pro seu bem, beba, beba logo", o pegou pela mão direita, "você tem que beber essa poção, é para sua proteção, não se faça de idiota", e como o pequeno Kibandí, desesperado, se debatia, ele o imobilizou no chão, prendeu suas narinas, o fez beber o *mayamvumbí*, alguns goles foram suficientes, a reação foi imediata, o pequeno Kibandí começou logo a ter vertigens, caiu no chão, se levantou, cambaleou, mal ficava em pé, os olhos fechados, o líquido tinha ao mesmo tempo gosto de vinho de palma estragado e de água do pântano, a poção queimava a garganta, e, assim que abriu os olhos, o meu jovem mestre viu um garoto que se parecia com ele, teve apenas tempo para discernir os traços desse menino que desapareceu entre dois arbustos, "você o viu, o seu *outro você mesmo*, hein, será que você o viu, hein", perguntou Papai Kibandí, "ele estava diante de você, não foi uma ilusão, meu pequeno, agora você é um homem, estou contente, você vai dar continuidade àquilo que eu mesmo recebi do meu pai e que meu pai recebeu do seu pai", o pequeno Kibandí deu mais importância ao lugar para onde tinha fugido a criança, o seu outro ele mesmo, ainda o ouvia amassar folhas mortas na sua fuga, uma fuga quase demente, a crer que alguém estava ao seu encalço, depois se fez o silêncio, o seu pai podia enfim respirar, tinha esperado por muito tempo esse instante de alforria, esse instante no qual ele seria enfim absolvido da sua dívida de transmissão o pequeno Kibandí não teve contato frequente com o seu outro ele mesmo que preferia antes me seguir, me impedir de dormir, eu o escutava andar sobre as folhas mortas, correr até perder o fôlego, respirar num arbusto, beber água num rio, acontecia às vezes de eu achar alimentos amassados perto do meu esconderijo, eu sabia que era o outro ele mesmo do pequeno Kibandí que os tinha colocado lá, estava certo disso, alguém se ocupava então de mim, e era talvez nesses instantes que eu me sentia reconfortado, estava feliz de ser um privilegiado, eu engordava, os meus espinhos se tornavam mais resistentes, podia vê-los luzir quando o sol estava a pino, me acostumava a esse jogo de esconde-esconde com o outro ele mesmo do meu jovem mestre, ele era nosso intermediário, e quando não o via nem escutava durante duas ou três semanas eu ficava inquieto, me orientava com urgência em direção ao vilarejo, só ficava calmo quando via enfim o pequeno Kibandí brincar no pátio da sua concessão, voltava para o meu esconderijo, tranquilizado, e passei anos assim, o outro ele mesmo do meu jovem mestre me alimentava, não me faltava nada, não temia o amanhã, os alimentos me esperavam na entrada do meu refúgio assim que eu colocava o nariz para fora, e se outro animal ousava vir furtá-los, o outro ele mesmo do meu mestre o afastava jogando pedras, pela primeira vez eu podia concordar com os homens que eu levava uma vida de preguiçoso

nada foi concretamente feito durante esse período da adolescência do meu mestre, nós aprendíamos a viver juntos, a coordenar nossos pensamentos, a melhor nos conhecer, era por meio do outro ele mesmo que eu enviava mensagens ao pequeno Kibandí, e depois, um dia, eu me arrastava perto de uma nascente, o surpreendi sentado sobre uma pedra, de costas para mim, não quis mais me mexer nem fazer barulho, senão ele iria se salvar uma vez mais, ele observava as garças e os patos selvagens, fui tomado por uma grande emoção a ponto de pensar que era o verdadeiro pequeno Kibandí que me dava as costas assim, avancei alguns metros, ele me ouviu, se virou imediatamente, e era tarde demais, eu tinha distinguido os traços do seu rosto, se tudo nele vinha do meu mestre, o que me pareceu mais estranho foi constatar que esse outro eu de Kibandí não tinha boca, também não tinha nariz, só olhos, orelhas e um longo queixo, mal tive tempo de exprimir a minha estupefação que ele já tinha sumido se jogando na nascente, o voo das garças e dos patos selvagens serviu de cobertura para sua debandada, não tinha mais nada diante de mim, apenas a nascente agitada, foi uma das raras imagens que eu tive desse outro ele mesmo do meu jovem mestre, a última sendo aquela em que essa criatura sem boca veio me anunciar a partida iminente do meu mestre e sua mãe em direção a Sêkêpembê, alguns dias antes da morte de Papai Kibandí tudo se passava como se, ao envelhecer, Papai Kibandí estivesse voltando ao estado animal, não cortava mais as unhas, tinha manias de um verdadeiro rato quando precisava comer, coçava o corpo com a ajuda dos dedos dos pés, e as pessoas de Mossaká que entendiam isso como uma brincadeira de mau gosto, como um jogo de velho débil, começaram a se inquietar, o velho tinha agora longos dentes afiados, em particular os da frente, pelos grisalhos e duros se enraizavam nas suas orelhas, chegando até o começo do maxilar, e assim que Papai Kibandí desaparecia perto da meia-noite, Mamãe Kibandí nem percebia, via o outro ele mesmo do seu esposo dormindo na cama, ao seu lado, meu jovem mestre surpreendia então fileiras de ratos que iam e vinham da sala principal ao quarto dos seus pais, ele sabia que o mais gordo desses roedores, o rato privilegiado de calda longa, orelhas dobradas e patas arqueadas, aquele lá era o duplo do seu pai, era preciso principalmente não o matar com golpes de bastão, ainda assim um dia ele tinha se divertido fazendo esse velho animal levar uma vida dura, tinha polvilhado raticida sobre um pedaço de tubérculo e deixado na entrada do orifício de onde surgiam os roedores, após algumas horas havia uma dezena de ratos mortos, meu jovem mestre se apressou em juntar todos os roedores mortos em folhas de bananeira enquanto os seus pais dormiam, foi jogá-los longe atrás da cabana, mas nas primeiras horas do alvorecer, para sua grande surpresa, Papai Kibandí lhe puxou as orelhas "se quer a minha morte, pegue uma faca e me mate de dia, você é hoje aquele que eu quis que você fosse, a ingratidão é uma falha imperdoável, eu espero não precisar discutir mais sobre isso com você", Mamãe Kibandí não soube nada sobre esse caso, o pai e o filho sabiam do que falavam

e tinham essas mortes que se multiplicavam em Mossaká, mortes que não tinham mais intervalo entre si, os enterros se seguiam, mal se tinha parado de chorar sobre um morto que um outro esperava sua vez, Papai Kibandí não ia a esses funerais, isso suscitava interrogações num vilarejo onde todo o mundo se conhecia, ele viu os olhos da população pousarem sobre ele, as pessoas mudarem de caminho ao cruzarem com ele e sua aparência de rato, e depois havia também as mulheres que tagarelavam sobre isso às margens do rio, os homens que pronunciavam o seu nome a cada reunião na cabana de discussões, as crianças que choravam, que se agarravam à saia das suas mães assim que o velho aparecia nas redondezas, sem contar os cães batêkês que tinham a precaução de latir a distância ou diante da porta dos seus mestres, Mossaká inteira dizia agora em uníssono que Papai Kibandí tinha *alguma coisa*, cada detalhe da sua vida foi então dissecado com lupa, com pente fino, o reprovavam agora por não ter tido vários filhos, de ter tido apenas um no momento em que as cinzas recobriam o seu rosto, ele estava na linha de tiro por qualquer uma dessas mortes, o que dizer por exemplo do seu próprio irmão Mataparí morto enquanto serrava uma árvore na savana sendo ele o maior serralheiro de Mossaká, hein, é verdade que esse irmão tinha mudado os seus métodos de trabalho, comprou uma serra elétrica a qual era preciso saber manejar nesse meio onde se usava ainda o machado, Papai Kibandí tinha ciúmes desse instrumento de trabalho, hein, invejava as economias do seu irmão que tirava proveito dessa ferramenta, a emprestava à população, hein, e então o que dizer da morte da sua irmã caçula Manionguí encontrada inerte, sem vida, os olhos virados, na véspera do seu casamento, hein, todo o mundo sabia que Papai Kibandí se opunha a essa união devido a uma história de região, "uma pessoa do Norte não pode se casar com uma do Sul, ponto final", dizia ele, o que dizer também de Matumoná, essa mulher que Papai Kibandí desejava ter como segunda esposa, essa mulher que tinha a metade da idade dele, hein, não tinha ela morrido ao engolir atravessado o seu mingau de milho, hein, e o que dizer de Mabialá o carteiro que ele suspeitava estar dando voltas ao redor de Mamãe Kibandí, hein, e de Lubandá o fabricante de tam-tam de quem ele reprovava o sucesso com as mulheres, hein, e de Senga o pedreiro que tinha recusado trabalhar para ele, hein, e de Dikamoná a corista das cerimônias fúnebres que não lhe dizia bom dia, ela que o tinha tratado de velho bruxo em público, hein, e de Lupialá a primeira enfermeira diplomada vinda de Mossaká, essa jovem mulher que, segundo Papai Kibandí, falava sem dizer nada, essa jovem mulher que se vangloriava do seu diploma, hein, e de Nkêlê o maior agricultor da região, esse homem egoísta que lhe recusava ceder um pedaço de terra perto do rio, hein, que dizer de todas essas pessoas que não eram da sua família, essas pessoas que morriam umas atrás das outras, hein, e então, meu querido Baobá, atribuíam esses desaparecimentos ao Papai Kibandí enquanto ele observava o horizonte serenamente, como se ele não pudesse mais mudar o rumo das coisas, como se estivesse acima daquilo que ele mesmo qualificava de "pequenas brigas de lagartos", e já que as pessoas não falavam mais com ele, ele se fechava em seu orgulho, disse ao seu filho e à sua esposa para não discutirem mais com os aldeões, para não dizerem bom dia a ninguém, ele mesmo cuspia no chão quando cruzava com um habitante, chamava o chefe do vilarejo de todos os nomes, de pobre corrompido que só vendia terras à sua própria família, e depois teve esse evento fatídico, um conflito familiar que iria marcar a memória do povo do Norte, essa confusão com sua irmã caçula, a última, ora, era falta de conhecimento sobre Papai Kibandí pois ele iria uma vez mais embaralhar as cartas, semear a dúvida no espírito dos aldeões, iria procrastinar o que aparecia entretanto como o termo da sua existência sobre a terra, apenas Papai Kibandí era capaz de tal façanha, acredite em mim, meu querido Baobá, e até agora eu me surpreendo quando rememoro como ele deitou e rolou nesse mundinho

foi ao longo do período de seca que essa desgraça chegou a Mossaká, as águas do Niarí mal chegavam ao tornozelo dos banhistas, encontramos ao cair do sol o corpo sem vida de Nianguí-Bussiná sobre a margem direita, do outro lado da aldeia, ela tinha a barriga inchada, o pescoço torcido como se tivesse sido morta após uma estrangulação por um criminoso de mãos gigantescas, essa moça era a sobrinha de Papai Kibandí, a filha da irmã caçula Etalelí que eu nomearei aqui de Tia Etalelí como a chamava o meu mestre mesmo, a adolescente Nianguí-Bussiná tinha vindo passar as férias em Mossaká com sua mãe, a aldeia delas ficava a alguns quilômetros de lá, Tia Etalelí afirmava que sua filha não podia morrer afogada, não, jamais, ela tinha nascido às margens do rio mais perigoso do país, o Lukulá, tinha passado sua infância na água, era então uma história duvidosa, o nome de Papai Kibandí foi logo evocado, Tia Etalelí ameaçou não sair de Mossaká até que o afogamento da sua filha fosse vingado, e, a tensão aumentando, ela saiu da casa do seu irmão, foi morar na casa de uma das suas amigas, não saiu de lá até o dia em que devíamos levar o corpo da adolescente a Siakí, a aldeia onde Tia Etalelí vivia com o seu esposo, e Papai Kibandí escutou dessa vez a palavra "bruxo" assim que colocou os pés para fora de casa, o tratavam de "rato pestífero", não lhe davam tempo de se explicar, ele teria querido discutir isso com a sua irmã, lhe demonstrar que podia acusá-lo de tudo menos de ter *comido* a sua sobrinha, e, quando eu digo *comido*, é preciso compreender, meu querido Baobá, que se trata de pôr fim aos dias de um indivíduo por meios imperceptíveis para aqueles que negam a existência de um mundo paralelo, em particular esses incrédulos humanos, e então, palavra de porco-espinho, no dia do enterro de Nianguí-Bussiná em Siakí, esperavam Papai Kibandí com zagaias envenenadas, pretendiam apunhalá-lo em público nessa aldeia onde ele se preparava para ir saudar a memória da sua sobrinha, ele mudou de ideia no último segundo, o seu velho rato, que ele tinha mandado inspecionar o terreno, se informou sobre aquilo que tramavam contra ele, uma grande armadilha planejada por Tia Etalelí com a cumplicidade de alguns habitantes de Siakí e de Mossaká, tanto que uma semana após o funeral Tia Etalelí reapareceu em Mossaká bem cedo com uma delegação de quatro homens, cruzou com Papai Kibandí, lhe disse abertamente "foi você que comeu Nianguí-Bussiná, foi você que a comeu, todo o mundo o sabe, todo o mundo o diz, você tem que confessar olhos nos olhos", Papai Kibandí recusou a acusação, "eu não a comi, como poderia eu comer a minha própria sobrinha, hein, eu não sei nem como é que se come alguém, a pequena morreu afogada, ponto final", e a irmã aumentou o tom, "se você tem colhões, venha então conosco para Lekaná, o feiticeiro Tembê-Essuká o confrontará diante dessas quatro testemunhas que estão comigo, eu as escolhi em quatro aldeias diferentes, uma delas é aliás de Mossaká", e, para surpresa geral, talvez também devido à multidão que se formava em volta deles, Papai Kibandí não opôs nenhuma resistência, colocou os seus sapatos de borracha, vestiu um longo bubu[6] de pano, disse de maneira desafiadora "estou à sua disposição, vamos, você perde o seu tempo, minha irmã", Tia Etalelí retrucou "não me chame mais de irmã, não sou irmã de um comedor"

se as quatro testemunhas vindas junto com Tia Etalelí tinham sido escolhidas em quatro aldeias diferentes, era a tradição que o exigia com o intuito de manter a neutralidade e a autenticidade das palavras que essas pessoas transmitiriam nas suas respectivas localidades, o pequeno grupo andou durante meio dia até Lekaná, é lá que vive o famoso feiticeiro Tembê-Essuká, um velho cego de nascença, com as pernas magras e cuja barbicha varre o chão a cada movimento da cabeça, parece que os responsáveis por este país o consultam, veneram sua ciência das sombras, ele não se lava jamais, senão perderia seus poderes, arrasta velhos trapos vermelhos, faz suas necessidades na cabeceira da sua cama de bambu, é capaz de domesticar a chuva, o vento e o sol, só exige pagamento após o resultado, e, ainda, é preciso pagar a ele em cauris, moeda que era usada na época em que este país era ainda um reino, ele não confia na moeda nacional, pensa que os tempos não mudaram, que a moeda oficial é uma

---

[6] Túnica longa e larga, de uso na África negra. Vem do malinquê, pelo francês *boubou*. [N.T.]

ilusão, que o mundo é constituído por reinos, que cada reino tem o seu feiticeiro, que entre todos esses feiticeiros ele é o maior, e assim que você chega diante da sua casa construída em cima de uma colina ele solta uma risada que paralisa os visitantes, começa a lhe explicar o seu passado em detalhes, lhe diz com exatidão a data e o lugar do seu nascimento, os sobrenomes do seu pai e da sua mãe, revela em seguida o motivo da sua visita, sacode as máscaras aterrorizantes suspensas em cima da cabeça dele e com as quais faz a comunhão, esse homem iria apaziguar o pai e a tia de Kibandí, as quatro testemunhas tinham tentado de todas as maneiras reconciliar a irmã e o irmão que não tinham trocado uma só palavra durante a travessia da savana, o grupo chegou às portas de Lekaná por volta do meio-dia

meu querido Baobá, os habitantes de Lekaná estavam acostumados aos vai e vens das pessoas que se orientavam em direção à colina a fim de consultar Tembê-Essuká, e este, tendo escutado os passos dos visitantes, berrava de sua cabana à beira de um colapso, "vocês, aí, o que é que vêm fazer na minha casa assim, hein, Tembê-Essuká não está aqui para pequenos assuntos que vocês podem resolver entre vocês, não me incomodem por nada, não preciso dos seus cauris, o culpado não fez a viagem não, eu vejo água, sim, eu vejo água, vejo uma jovem que está se afogando, essa jovem é a sobrinha de um velho senhor que uma dama acusa, se vocês insistem, se não acreditam em mim, entrem então por seus riscos e perigos", já que Tia Etalelí estava mais que nunca determinada o grupo penetrou na cabana, não foram os odores pútridos que afastaram os seis recém-chegados mas antes as máscaras que pareciam vexadas pela obstinação e pela temeridade desses estrangeiros, Tembê-Essuká tinha o olhar úmido e apagado, estava sentado sobre uma pele de leopardo, agitava um terço fabricado com a ajuda dos ossinhos de uma cobra cuja cabeça se exibia na entrada da cabana, os visitantes se sentaram no chão mesmo, e o feiticeiro, pensativo, murmurou "bando de incrédulos, eu bem os adverti de que o culpado não estava com vocês, por que vocês entraram na minha cabana, hein, duvidam então da palavra de Tembê-Essuká ou o quê, hein", Tia Etalelí se pôs de joelhos, começou a soluçar aos pés do feiticeiro, enxugava as lágrimas com a ajuda de um pedaço de pano amarrado em volta da lombar, o feiticeiro a repeliu "sejamos claros, este lar não é um lugar para as lágrimas, tem um pequeno cemitério mais para baixo, a senhora terá apenas o constrangimento da escolha para achar uma carcaça à qual as suas lágrimas darão prazer", Tia Etalelí balbuciou ainda assim "Tembê-Essuká, a morte da minha filha num é uma morte normal não, num é assim que uma pessoa deve morrer, eu lhe suplico, olhe bem, estou certa de que o senhor me ajudará, sua ciência é a mais temida deste país", ela afundou novamente em lágrimas apesar da irritação do feiticeiro, "merda então, silêncio, eu disse, vocês querem que eu os expulse daqui, hein, querem que eu lhes lance um exército de abelhas no pescoço, hein, o que é esta história, vocês acham que eu sou quem, hein, ainda não compreenderam que este velho que está aqui e que vocês acusam dessa desgraça não é aquele que comeu a sua filha, hein, vou ter que dizer quantas vezes, caramba, e agora se vocês insistem em conhecer a verdade, eu vou lhes revelar porque eu, eu vejo tudo, eu, eu sei tudo, e para convencê-los da inocência do homem que está aqui, vocês irão todos se submeter à prova do bracelete de prata, paciência, eu os preveni, lhes dou trinta segundos de reflexão antes de decidir se devo ou não prosseguir com a prova"

você não vai acreditar, meu querido Baobá, Papai Kibandí aceitou se curvar a essa prova do bracelete de prata quando mesmo aqueles que estimavam não ter nada a se repreender refletiam duas vezes antes de se submeter a isso, primeiro porque Tembê-Essuká era mais cego que uma toupeira, em seguida o pânico podia distorcer o desenlace da prova, Papai Kibandí não ia recuar, Tia Etalelí tinha secado as lágrimas de repente, ela parecia exultar de antemão à ideia de ver o seu irmão desmascarado aos olhos de quatro testemunhas, o fogo iluminava a cabana, crepitava como esses incêndios que devastam a savana na estação seca, as máscaras pareciam mexer os seus lábios carnudos, sussurrar ao feiticeiro fórmulas cabalísticas às quais ele respondia com acenos de cabeça impetuosos, a fumaça embaçava agora o rosto dos visitantes, eles tossiam uns aos outros, um odor rançoso, depois borrachas calcinadas asfixiavam a assistência, e quando a fumaça enfim cessou Tembê-Essuká colocou no fogo uma vasilha repleta de óleo de palma, jogou um bracelete de prata no seu interior, deixou esse óleo ferver por muito tempo antes de afundar a mão no recipiente sem um momento de hesitação, o óleo quente chegou até o seu cotovelo, ele recuperou o bracelete sem se queimar, o exibiu ao grupo ainda em choque, o recolocou na vasilha, "agora é a vez de vocês, senhora, faça a mesma coisa, encontre para mim o bracelete neste óleo quente", após um instante de tergiversação, Tia Etalelí afundou a mão na vasilha, segurou o bracelete, gritou quase vitória, e as testemunhas, asseguradas, fizeram o mesmo com sucesso, o feiticeiro se voltou então para Papai Kibandí, "é a sua vez, o fiz ir por último porque é você o pretendido comedor", Papai Kibandí foi logo, triunfou sobre a prova sob o olhar surpreso de Tia Etalelí enquanto as quatro testemunhas, estupefatas, pousavam os olhares sobre a acusadora, o feiticeiro diz "as quatro testemunhas e o homem injustamente acusado vão sair desta cabana e esperar lá fora, eu vou lhe revelar, a você senhora, quem comeu sua filha", Tia Etalelí ficou sozinha diante das máscaras com uma cara dessa vez de desgosto e do feiticeiro imerso numa meditação interminável, os olhos fechados, e quando ele os reabriu Tia Etalelí acreditou que o feiticeiro não era cego, ele a fixou direto nos olhos, soltou um latido parecido ao de um cão batêkê, o fogo se apagou de repente, ele se colocou em seguida a contar os ossinhos do seu terço, a murmurar um canto que Tia Etalelí não compreendia, os seus olhos reviravam, dessa vez sem vida, o seu polegar e o seu dedo indicador agarraram um dos ossinhos mais grossos, ele o acariciou com agitação, interrompeu o canto, pegou a mão direita da tia, lhe perguntou "quem é então esse tipo que chamamos de Nkuyú Matêtê e que não paro de ver na minha meditação, hein", Tia Etalelí fez um movimento de sobressalto, se recompôs a tempo para sussurrar "Nkuyú Matêtê, o senhor disse Nkuyú Matêtê, hein", perguntou ela, "você escutou bem, quem é esse tipo aí, hein, ele é muito forte, ele me esconde o seu rosto, só consigo decifrar seu nome, esse tipo está rodeado por vários homens, eles parecem brigar entre si, lançar ameaças de morte", e Tia Etalelí, cética, balbuciou "num é possível não que seja ele, é apesar de tudo meu marido, é o pai da minha defunta filha, o senhor quer dizer que é ele que, hum, enfim, num é possível não, lhe digo que ele não pode comer a própria filha, vejamos", "é ele quem comeu a menina, ele é membro de uma associação noturna em seu vilarejo Siakí, e todo ano um dos membros dá em sacrifício à comunidade dos iniciados um ser que lhe é caro, nesta estação era a vez do seu marido, e como ele tem como duplo nocivo o crocodilo, é pela água que sua filha pereceu, puxada pela correnteza pelo animal do seu pai, agora você tem a última palavra, ou eu chamo as quatro testemunhas e o seu irmão que você acusa, ou você opta pelo silêncio e guarda a minha revelação com você", sem tomar o tempo da reflexão Tia Etalelí propôs "eu quero que o senhor faça alguma coisa contra meu marido, quero que o senhor lhe lance um feitiço, quero que ele morra antes da minha chegada a Siakí, é um vagabundo, um crápula, um feiticeiro", Tembê-Essuká quase reencontrou a vista sob o efeito da raiva, "você acha que sou quem, hein, nunca lancei má sorte às pessoas, me contento em ver, em ajudar aqueles que estão em dificuldade, pro resto vá consultar os canalhas e outros charlatões do seu próprio vilarejo, eu não sou dessa espécie, você acha que sou quem, hein", "eu lhe suplico, Tembê-Essuká, ao menos não diga nada aos que esperam lá fora, não quero sobretudo que meu irmão saiba disso, eu o acusei erroneamente por causa sobretudo das pessoas de Mossaká, elas dizem que ele tem um rato como duplo nocivo, então o senhor me compreende, hein, se coloque em meu lugar", o feiticeiro se levantou, para ele a sessão estava terminada, e, antes de designar a porta à Tia Etalelí, concluiu "é sua história, não direi nada a ninguém, Tembê-Essuká fez o seu trabalho, não se esqueça de fechar a porta atrás de você e de deixar alguns cauris para os ancestrais no cesto que está na entrada"

    o grupo deixou Lekaná, as quatro testemunhas metralhavam Tia Etalelí de questões, ela continuou muda como uma carpa, e, como ela parecia ainda com raiva de Papai Kibandí, que exibia um largo sorriso de satisfação, este partiu na direção oposta, andou durante duas horas, não se virou um só instante, foi só bem mais tarde que exteriorizou sua alegria, começou a cantar, teríamos acreditado ser um louco, ele voltava de longe, de muito longe, e, como não podia se impedir de reviver nos seus pensamentos essa cena da prova do bracelete de prata que acabava de inocentá-lo, morreu de rir, murmurou alguma coisa, um pouco como se agradecesse a alguém, penetrou na floresta, olhou a seu redor, não tinha ninguém, nem mesmo um pássaro, foi então que subiu o seu bubu até a altura da lombar, agachou como se fosse fazer suas necessidades, deu uma grande inspirada, reteve a respiração, fez força, mais força, se ouviu um barulho de peido, uma noz de palma escapou do seu ânus, ele a pegou, inspecionou, aproximou do seu nariz, sorriu dizendo "meu querido Tembê-Essuká, você é mesmo um cego", Papai Kibandí tinha boas razões para zombar assim desse feiticeiro renomado, tinha então se tornado o primeiro homem a ter ludibriado a vigilância de um feiticeiro tão temido quanto Tembê-Essuká, ele se enganava de cantar vitória tão rápido dizer que o feiticeiro Tembê-Essuká tinha se enganado, meu querido Baobá, é conhecê-lo mal já que ele desembarcou dois meses mais tarde em Mossaká à grande estupefação da população, o medo invadiu as cabanas, os animais domésticos se escondiam à vista dessa personagem, o feiticeiro tinha uma novidade para anunciar, as especulações se multiplicaram, perguntava-se sobretudo como esse cego tinha podido se orientar sozinho na savana, e depois dizia-se que na realidade a sua cegueira era uma ostentação já que ele podia tudo ver, foi acolhido pelo chefe do vilarejo como um verdadeiro notável, admitiu que pela primeira vez sua ciência das trevas o tinha deixado na mão, demonstrou que Papai Kibandí era uma ameaça para o vilarejo inteiro, foi então que revelou as práticas do velho, lhe atribuiu a maior parte das mortes de Mossaká, confirmou que Papai Kibandí tinha comido até aquele dia mais de 99 pessoas, "eu vim por vocês, estou aqui para livrá-los dessa desgraça pois este homem é o homem mais perigoso da região, ele não comerá a centésima pessoa", disse ele, e para reforçar suas palavras citou de memória, por ordem alfabética, os nomes das 99 vítimas; apenas uma entre elas habitava fora de Mossaká, a jovem Nianguí-Bussiná, Tembê-Essuká explicou sua morte, era uma troca entre Papai Kibandí e um iniciado do vilarejo Siakí que não era outro que o esposo de Tia Etalelí, na realidade era mesmo Papai Kibandí que tinha organizado tudo, era ele que tinha comido a própria sobrinha, "eu vim livrá-los deste diabo de Papai Kibandí, é a primeira vez que saio da minha cabana e deixo as minhas máscaras sozinhas, é claro que não cabe a mim pôr fim aos dias deste homem aí, Tembê-Essuká não mata jamais, ele livra, vocês é que sabem, basta agarrar o seu duplo nocivo que está agora escondido na floresta porque ele sente que sua hora se aproxima, eu o imobilizei graças aos meus poderes, se vocês puserem a mão sobre este animal vocês farão então o que quiserem do seu mestre, não terão nas suas consciências a morte deste indivíduo já que terão atacado um animal", ele indicou com precisão onde se escondia o velho rato, lhe agradeceram, lhe ofereceram um jumento branco, um galo vermelho e um saco de cauris, o feiticeiro se recusou a passar a noite no vilarejo, ia voltar a Lekaná em plena noite, o chefe do vilarejo tentou retê-lo "fique e durma aqui, Venerável Tembê-Essuká, já é noite, nos preocupamos com o senhor e com sua sabedoria", o feiticeiro respondeu "Honorável Chefe, estas palavras me vão direto ao coração, mas saiba que para nós cegos a clareza do dia não quer dizer nada, devo voltar para a minha cabana agora, as minhas máscaras me esperam, não se preocupe comigo, obrigado por estes presentes", segurou o galo vermelho pelas patas, prendeu o saco de cauris nas costas do seu jumento, e retomou o caminho da sua terra

no dia seguinte, o primeiro cidadão de Mossaká convocou uma assembleia extraordinária dos anciãos, uma decisão de urgência foi tomada, era preciso capturar Papai Kibandí sem o seu conhecimento, confiaram então a doze valentões a missão de ir caçar o velho rato na floresta, os valentões se armaram de revólveres calibres 12mm, de zagaias envenenadas, cercaram a zona da savana indicada por Tembê-Essuká, neutralizaram os ratos ao redor, descobriram ao pé de um flamboaiã um buraco de ratos dissimulado com a ajuda de folhas mortas, cavaram, cavaram durante uma meia hora antes de encurralar um animal senil que tinha dificuldades em se mexer, talvez soubesse ele que sua hora tinha chegado, que ele não podia mais se safar desta vez, ergueu o beiço, mostrou os incisivos em sinal de ameaça, isso não assustou mais ninguém, ele inspirava antes a piedade, um líquido âmbar pingava da sua cara, foi então que um dos homens armou sua zagaia, a projetou em direção à besta que guinchava enquanto jorrava um fluido tão esbranquiçado quanto o vinho de palma, uma segunda zagaia fez voar em estardalhaço os seus miolos, e como se isso não bastasse os dozes valentões esvaziaram as balas dos seus calibres sobre o animal que estava no entanto morto desde muito

assim que os valentões voltaram ao vilarejo, foram surpreendidos ao escutar o anúncio da morte de Papai Kibandí, ninguém foi até a cabana do defunto, o cadáver do velho estava estendido na sala, os olhos exorbitados, revirados, e a língua, de uma cor azul índigo, se arrastava até sua orelha direita, o corpo já putrefato, um odor pestilento exalava ao redor, e por volta do fim do dia, quando começava a cair a noite, Mamãe Kibandí e o meu jovem mestre enrolaram o cadáver em folhas de palmeira, o levaram longe na floresta, o enterraram num bananal, voltaram com toda discrição para o vilarejo, arrumaram algumas coisas, descamparam assim que amanheceu sem deixar traços, seguiram o horizonte, caíram aqui em Sêkêpembê onde eu já estava, eu os tinha precedido assim que vi errando o outro ele mesmo do meu jovem mestre vindo me anunciar a saída iminente desse vilarejo do Norte, soube então que era preciso ir em direção ao Sul, em direção a um vilarejo chamado Sêkêpembê, foi assim que nos tornamos a contragosto habitantes deste vilarejo, um vilarejo de acolhimento onde teríamos podido entretanto viver uma vida normal *como Mamãe Kibandí se juntou a Papai Kibandí no outro mundo* era estranho ver meu jovem mestre trucidar raízes com incisivos mais cortantes que os de um ser humano ordinário, eu me perguntava até se ele ia consagrar sua adolescência a alimentar-se apenas de bulbos, ele tinha acabado por aceitar a morte do seu pai, viver em Sêkêpembê com Mamãe Kibandí lhes abria outros horizontes, estar longe do Norte tinha também lhes permitido esquecer esse passado, a imagem de um Papai Kibandí neutralizado pelas pessoas de Mossaká com a ajuda do feiticeiro Tembê-Essuká, era claro que a Mamãe Kibandí e o meu mestre desejavam doravante viver uma outra existência, eu ainda me lembro desse período quando eles vieram se instalar aqui, os habitantes os acolheram como teriam acolhido quaisquer estrangeiros, lhes abriram as portas de Sêkêpembê, eles se alojaram numa cabana de tábuas de okumê cobertas por um telhado de palha, digamos que, se eles viviam lá para as últimas habitações do vilarejo, era porque não havia mais terrenos disponíveis no coração de Sêkêpembê, e era preciso achar uma ocupação, o meu mestre se tornou aprendiz de carpinteiro junto a um velho a quem Mamãe Kibandí pagava uma módica quantia de dinheiro, esse velho carpinteiro se tornou quase um pai para Kibandí, este o chamava de "Papaï", jamais tinha ousado pronunciar o seu verdadeiro nome, Mationgô, esse homem lhe lembrava o seu próprio pai, sem dúvida por causa da sua estatura curva, da sua aparência de camaleão, "Papaï" Mationgô tinha visto no meu mestre um ser inteligente, curioso, Kibandí aprendia rápido as sutilezas da carpintaria, o velho não precisava lhe repetir dez vezes a mesma coisa, ele vinha no entanto alimentando dúvidas quanto a esse aprendiz que, seguindo à risca suas instruções, o espantava todo dia, o jovem homem revisava os métodos obsoletos de "Papaï" Mationgô, subia nos telhados com uma habilidade singular, o velho ficou mais que estupefato quando um dia, doente, ele deixou ao meu mestre a tarefa de fazer a estrutura em madeira de uma fazenda, o jovem Kibandí conseguiu fabricar calhas, ripas, diagonais, caibros, telhas, empenas, tesoura, meia tesoura, o que não era dado para qualquer aprendiz, e foi até mesmo o meu mestre que mostrou ao velho como erigir uma estrutura de metal, "Papai" Mationgô só tinha até então trabalhado com estruturas de madeira, tudo se passava na verdade às maravilhas entre os dois humanos, fui eu que vim acordar as suspeitas de "Papai" Mationgô, e eu sei que o velho morreu com a certeza de que o seu aprendiz tinha *alguma coisa*, me permiti na verdade um dia vagabundear atrás do ateliê, o meu mestre estava ocupado serrando uma tábua, escutei "Papai" Mationgô chegar com o seu passo hesitante; desabotoou a calça, começou a mijar contra a parede do ateliê, e assim que se virou o seu olhar cruzou com o meu, ele agarrou então uma pedra grande que rolava em seus pés e tentou me abater, a pedra aterrissou a poucos centímetros de mim, o velho não tinha mais sua juventude e habilidade, eu corri para o lado do rio, e, alguns instantes depois, ele confiou ao meu mestre que os porcos-espinho de Sêkêpembê não tinham mais medo da gente humana, que existiam muitos deles, que seria preciso que os caçadores se ocupassem disso, que um desses dias ele acabaria abatendo um ele mesmo e o comeria com bananas verdes, jurou então fabricar uma armadilha para isso; Kibandí interrompeu na hora o corte da tábua e lhe respondeu com uma voz calma "Papai Mationgô, não foi um porco-espinho de Sêkêpembê que você viu, acredite em mim", e o velho, de repente duvidoso, o desprezou, balançou a cabeça, deixou correr os braços ao longo do corpo antes de prosseguir com ar resignado "entendi, entendi, meu filho Kibandí, entendi, duvidava um pouco ainda assim, mas não direi nada a ninguém, e de todo modo eu não passo de um rejeitado, um dejeto, não quero problemas com as pessoas antes de partir deste mundo já que vou morrer de um dia pro outro" alguns anos mais tarde, antes de partir deste mundo com sua bela morte, "Papai" Mationgô deixou ao meu mestre os seus instrumentos de trabalho, Kibandí teve o sentimento de que o seu próprio pai acabava de morrer pela segunda vez, nesse tempo ele tinha 17 anos, e apesar da sua juventude os telhados não tinham mais segredos para ele, tinha se tornado o artesão mais em vista do pedaço, é a ele que devemos aliás a maior parte das estruturas das novas cabanas de Sêkêpembê, e quando era preciso, geralmente no dia da festa dos mortos, ele ia ao cemitério para se recolher diante da tomba de "Papai" Mationgô, eu o via então soluçar como se se tratasse do seu próprio genitor, eu estava a algumas centenas de metros do cemitério, sabia também que o barulho que vinha de trás era causado pelo outro ele mesmo do meu mestre, eu não me virava com medo de fixar essa criatura sem boca, o outro ele mesmo se excitava cada vez mais, dormia no ateliê, lamuriava ao longo do rio, trepava nas árvores, cheguei a me perguntar como ele se arranjava para comer já que não tinha boca, e, não o tendo jamais surpreendido enquanto fazia uma boquinha, cheguei a deduzir que ou era o meu mestre que comia por ele, ou este outro ele mesmo devia comer por meio de um outro orifício, e eu o deixo adivinhar qual, meu querido Baobá a pobre Mamãe Kibandí tinha confeccionado durante doze anos tapetes que ela vendia à população, uma atividade que andava bem, e nos dias de feira nos vilarejos vizinhos como Lubulú, Kimandú, Kinkossô ou Batalêbê, a mãe e o filho iam propor lá suas mercadorias, Kibandí passava as férias nesses cantos perdidos junto às amigas de Mamãe Kibandí, comerciantes como ela, me deixava sozinho com o seu outro ele mesmo, eu não apreciava muito essas ausências que podiam colocar em perigo nossa harmonia, eu não saía do meu esconderijo, me contentava em me alimentar das comidas que o outro ele mesmo do meu mestre me trazia, os dias e as noites passavam assim, os meus pensamentos iam em direção a Kibandí, eu não tinha na verdade nada a temer, estava a par dos seus atos e gestos durante suas ausências de algumas semanas, o outro ele mesmo não me escondia nada, eu soube, por exemplo, que foi em Kinkossô que o meu mestre tinha experimentado o seu primeiro ato sexual com a famosa Biscurí, uma mulher que tinha o dobro da sua idade, uma viúva cheia de curvas, com um traseiro volumoso e que tinha uma inclinação imoderada pelos novinhos, assim que cruzava com um saltava sobre ele, não o largava mais, era conhecida em Kinkossô por isso, cercava então o novinho, o mimava, lhe preparava o que comer, lhe oferecia sua hospitalidade, alguns pais até encorajavam a viúva Biscurí na sua empreitada, mas ela não apreciava muito que lhe impusessem um novinho, preferia escolher o seu modelo, pouco importava que este fosse magro como o meu mestre, ela tinha uma técnica própria para capturar esses inocentes, fingia primeiro uma conversa do tipo "sua mãe é uma mulher corajosa, é uma das minhas amigas", e abraçava o jovem homem, mergulhava com um gesto repentino sua mão entre as pernas do novinho, agarrava suas partes íntimas antes de exclamar "meu Deus, você é bem dotado, você, lhe digo que com isso você começou bem a vida", e ria, retificava em seguida o seu golpe "bom, estava brincando, meu pequeno, vai, venha aqui, vou lhe preparar o melhor prato de Kinkossô, o *ngul' mu makô*", estimava-se entretanto que Biscurí era a solução menos catastrófica para inculcar a um imberbe as primeiras atitudes sexuais, ora, o meu mestre ficou decepcionado com essa experiência, julgou que Biscurí o tinha paralisado com o seu excesso de ardor a ponto de ele ter ficado passivo como se alguém o violasse, pegou hábito depois de frequentar as prostitutas do pedaço, imaginando doravante que a mulher só desempenhava o ato sexual com doçura quando era paga, e quando ia de férias para esses vilarejos o meu mestre quebrava o seu cofrinho de carpinteiro, errava nos bairros sujos, trocava de parceira todas as noites, se embebedava com essas raparigas e voltava a Sêkêpembê com os bolsos vazios, ora, Mamãe Kibandí não era besta, suspeitava bem de que o meu mestre frequentava doravante as mulheres, esperava um dia ver o seu filho lhe apresentar uma futura enteada ou pessoas vindo bater na sua porta com uma moça grávida

penso também nesse dia em que Mamãe Kibandí surpreendeu o meu mestre sentado diante da porta da cabana lendo a *Bíblia*, alguém a tinha oferecido a ele em Kinkossô, era um religioso que queria convencê-lo a servir-se das vias do Senhor pois o tinha surpreendido nos bairros das moças de alegria,[7] sinal de que o meu mestre era uma ovelha extraviada, um pecador que era preciso desviar do caminho do inferno; Kibandí tinha pegado o livro e desaparecido antes que esse servidor de Deus descobrisse que ele era na verdade um analfabeto, e o homem de sotaina não tinha percebido a ajuda que acabava de dar ao meu mestre, este não abriu o livro durante várias semanas, o tinha abandonado na cabeceira da cama a ponto de a poeira recobrir já a capa do calhamaço, e uma noite, pego pela insônia, se ocupou enfim dessa Bíblia, abriu-a no meio, aproximou-a do nariz, fechou os olhos, inspirou longamente, sentiu o odor agradável da página, e quando reabriu os olhos o brilho da lâmpada iluminava as palavras, as despia do seu enigma, formava ao redor de cada letra uma

---

[7] Em francês, "filles de joie", um eufemismo para falar das prostitutas. [N.T.]

espécie de halo, e a frase se movimentava, fluía como um rio, ele não soube em que momento os seus lábios começaram a mexer, a ler, também não percebeu que virava rápido as páginas, que os seus olhos iam da esquerda à direita sem que ele tivesse vertigens, as palavras viviam de repente, representavam a realidade, e ele imaginava Deus, e ele imaginava esse vagabundo misterioso que era Jesus, não ia mais parar de ler, e nos dias seguintes não dormia mais, se lançava sobre o livro assim que voltava do ateliê que tinha erigido atrás da cabana, Mamãe Kibandí não escondeu o espanto, a atitude do filho a divertia, ela se perguntava o que levava o jovem homem a mascarar assim sua ignorância, não bastava ter um livro entre as mãos para mostrar aos outros que era instruído, e ela entendeu isso como brincadeira na medida em que o meu mestre não tinha jamais colocado os pés na escola, não podia então ler, e, um outro dia, cansada dessa nova ocupação do meu mestre, ela espiou o livro que ele percorria, como se pudesse ela mesma devorá-lo, o seu filho parecia concentrado, murmurava as frases, deixava correr o dedo indicador direto sobre as linhas da página, foi sem dúvida nesse dia que ela compreendeu que Kibandí só podia possuir um duplo e que o seu pai o tinha finalmente feito beber o *mayamvumbí* em Mossaká

o meu mestre não podia mais parar suas leituras, levava doravante para casa toda sorte de livros que comprava nas feiras dos vilarejos vizinhos, os arrumava num canto do ateliê, tinha alguns também no seu quarto, constituía assim uma pequena biblioteca, a maior parte dos livros não tinha mais capa, outros não possuíam nem as primeiras páginas nem as últimas, ele passava horas na biblioteca da igreja Saint-Joseph do vilarejo Kimandú, e, quando não ia ao ateliê ou a um vilarejo vizinho para uma obra, ficava o dia todo lendo, foi nessa época que comecei igualmente a distinguir os caracteres que desfilavam nos meus pensamentos, as palavras; era divertido constatar a forma das letras, descobrir que a palavra podia ser gravada em qualquer parte, eu podia a partir desse momento recitar o que lia o meu mestre, me surpreendia várias vezes monologando, e, depois, cheguei à conclusão de que os homens se mantinham à frente de nós, os animais, já que eles podiam consignar os pensamentos, a imaginação no papel; foi ainda nesse tempo que a minha curiosidade me levou a sair do meu esconderijo, me introduzi no ateliê do meu mestre enquanto este estava com sua mãe no mercado de Sêkêpembê, me joguei então sobre a pilha de livros, queria ter certeza de que eu era capaz de reconhecer essas palavras que flutuavam em meu espírito como pequenas libélulas de asas prateadas, e abri ao acaso as páginas da Bíblia que o meu mestre tinha depositado perto dos seus instrumentos de trabalho como para consagrá-los, li vários capítulos, descobri histórias extraordinárias como aquelas que lhe contei no começo das minhas confissões, descobri também outros livros, não tinha necessidade de os ler todos, o meu mestre o faria em meu lugar, retirava-me antes do cair da noite, senão Kibandí e sua mãe me teriam surpreendido, e eu não sei o que teria acontecido então é preciso que eu encontre as palavras certas para lhe explicar como Mamãe Kibandí sofria do coração, ela nunca quis que o seu filho estivesse a par dessa doença, o meu mestre só o soube em Sêkêpembê, a doença piorou após nosso décimo segundo ano de residência aqui, Mamãe Kibandí beirava o pior a cada crise, permanecia imóvel durante horas, abria de repente os olhos no momento em que teríamos apostado que ela tinha enfim rendido a alma, ela retinha a respiração, expirava um sopro seco, murmurava palavras do tipo "essa merda de doença não terá a minha vida, ah não, estou sã, os meus ancestrais me protegem, pronuncio todos os dias e todas as noites o nome deles, penso em Kong-Diá-Mamá, em Mukilá-Massengô, em Kenguê-Mukilá, em Mam'Sokô, em Nzambí Ya Mpungú, em Tatá Nzambí, eles me darão um coração novo, um coração que bata mais rápido que a podridão que carrego na minha caixa toráxica", mas o que podiam os ancestrais diante de um coração que patina, desanda, desacelera de ritmo, que podiam eles diante desse músculo vital que tinha se contraído, que só fornecia sangue a uma metade do seu corpo, os ancestrais não podiam nada, meu querido Baobá, podiam a rigor curar uma febre, uma gonorreia, uma bilharziose, uma ferida, uma dor de cabeça, o coração era outro negócio, Mamãe Kibandí sabia disso, se esgotava com o mínimo esforço, não vendia mais os seus tapetes havia mais de um ano, o meu mestre, ele também parou de trabalhar, e assim que eu me introduzia no ateliê remarcava as teias de aranha, os livros que tomavam pó, os instrumentos de trabalho guardados num canto, isso queria dizer que Kibandí não subia no cume de uma casa havia muitos meses, Mamãe Kibandí o incitava a recomeçar suas atividades, o meu mestre mal a escutava, não ia mais encontrar as prostitutas de Kinkossô, supervisionava de muito perto sua mãe, a fazia beber misturas que, a longo prazo, tinham feito os seus lábios ficarem corados, Kibandí não saiu mais da cabana até o dia em que sua mãe foi se juntar a Papai Kibandí no outro mundo, ora, várias semanas antes, como se ela estivesse sabendo da data e da hora exatas da sua viagem, sem dúvida porque ela se espantava com o comportamento estranho do seu filho que de repente era um leitor assíduo, diríamos um verdadeiro letrado, ela relembrou ao meu mestre de não lhe desobedecer, de não seguir o caminho do defunto Papai Kibandí correndo o risco de acabar um dia como ele, e o jovem mestre fez a promessa, jurou três vezes em nome dos ancestrais, a mentira era grande, sem dúvida teria valido mais a pena lhe dizer a verdade pois no instante em que jurou sobre a cabeça dos antepassados um dos peidos mais sonoros que ele já tinha liberado escapou da sua bunda, eles tiveram, a moribunda e ele, de tapar as narinas, um fedor de cadáver se alastrou no cômodo a ponto de eles deixarem a porta e as janelas abertas trinta dias e trinta noites, a catinga só se dissipou no dia da morte da velha, essa segunda acinzentada, uma segunda na qual até mesmo as moscas tinham dificuldade de voar, Sêkêpembê parecia deserta, o céu estava baixo, tão baixo que um ser humano podia arrancar de lá alguns pedaços de nuvem sem levantar o braço, e depois, por volta das onze horas da manhã, uma trupe de carneiros esqueléticos vindos de não se sabe onde deram a volta no ateliê do meu mestre, pararam diante da sua cabana, cobriram o pátio de excrementos diarreicos antes de se orientar em fila indiana em direção ao rio após o mais velho entre eles soltar um lamento de animal degolado no matadouro, Kibandí correu para o quarto da sua mãe, descobriu-a inanimada, os traços do rosto contraídos, a mão direita pousada sobre o seio esquerdo, sem dúvida ela tinha contado os últimos batimentos do seu coração antes de fechar os olhos para sempre, o meu mestre correu por toda Sêkêpembê como um louco para anunciar o acontecido, Mamãe Kibandí foi enterrada num lugar reservado aos estrangeiros, havia algumas pessoas presentes durante o funeral, mas não muitas pois ela e o seu filho eram ainda tidos pelos aldeões como "pessoas vindas de fora, saídas do ventre da montanha" ainda que residissem lá fazia muito tempo, e, meu querido Baobá, segundo o que sei, conhecer o passado é essencial para a aproximação dos homens, não é como o que constatei nesse

73

nosso mundo, ainda que um grupo de animais bem estabelecido veja com maus olhos a invasão de uma besta estrangeira, sei por experiência que os animais são também organizados, têm o seu território, governante, rios, árvores, trilhas, não são só os elefantes que possuem um cemitério, todos os animais se apegam ao seu universo, ora, no caso dos primos-irmãos do macaco, é bizarro, um vazio, uma sombra, uma ambiguidade sobre o passado engendra a desconfiança, quiçá a rejeição, é por isso que não havia muitos habitantes no enterro de Mamãe Kibandí, cujo corpo ficou três dias e três noites sob um hangar de folhas de palmeira construído pelo meu mestre perto do seu ateliê

meu querido Baobá, gostaria que você guardasse ao menos de Mamãe Kibandí uma imagem de mulher corajosa, uma mulher que amava o seu filho, uma mulher humilde que viveu neste vilarejo, uma mulher que amou este vilarejo e que passava dias inteiros tecendo tapetes, uma mulher que talvez não encontre o sono no outro mundo porque o meu mestre não cumpriu a sua palavra, Kibandí ia agora viver sozinho aqui, decidiu retomar a sua profissão de carpinteiro, eu me arrastava perto do seu ateliê, o escutava manejar os instrumentos com raiva, serrar as tábuas com ímpeto, o via partir para o vilarejo vizinho, trabalhar num canteiro, voltar à noite, se estatelar na cama, abrir as páginas de um livro, e nessa cabana silenciosa podíamos adivinhar a sombra de Mamãe Kibandí, sobretudo quando um gato miava muito tarde da noite ou um fruto tombava no rio, o outro ele mesmo do meu mestre me visitava cada vez mais, se virava de costas para mim como de costume, eu percebia uma silhueta triste, perdida, sabia agora que nós estávamos próximos, muito próximos do início das nossas atividades, podíamos doravante começá-las, Mamãe Kibandí não estando mais aqui para que o meu mestre sentisse ainda algum receio

***como a sexta-feira passada se tornou
uma sexta-feira de tristeza***

eu queria lhe falar desse dia em que Kibandí tinha retornado do túmulo da sua mãe, esse dia em que decidi ir dar uma volta ao redor da sua cabana lá pelas dez horas da noite, o outro ele mesmo do meu mestre tinha me assombrado durante a tarde toda, eu o escutava correr por todo lado, revirar a vegetação, mergulhar no rio, desaparecer um momento, voltar meia hora mais tarde, eu sabia que esse outro ele mesmo me enviava uma mensagem, a hora da nossa primeira atividade tinha então chegado, eu me agitava em meu esconderijo, não parava mais no lugar, Kibandí queria me ver, me sentir, e então, chegando perto do ateliê quando a noite estava tão escura que eu não via mais longe que a ponta do meu focinho, constatei que não tinha luz na cabana, normalmente o meu mestre lia até bem tarde da noite, remarquei também que a porta estava semiaberta, pude entrar discretamente para descobrir Kibandí deitado sobre o último tapete que sua mãe tinha tecido, um tapete semiacabado e do qual ele gostava mais que tudo, comecei a roer suas unhas, a roer também os seus calcanhares, como ele apreciava esses gestos de afeição, ele acordou, se pôs de pé, eu o vi se vestir, virar de costas para mim para que eu não visse o seu sexo, e foi atravessando o pequeno cômodo que servia de sala que eu trombei com o seu outro ele mesmo dormindo no chão, saímos da cabana enquanto o outro ele mesmo se deslocava para ir se deitar sobre o último tapete tecido por Mamãe Kibandí, eu andava com as patas posteriores atrás do meu mestre que avançava com os olhos meio fechados, diriam ser um cego, e chegamos a algumas centenas de metros da concessão do pedreiro Papai Lubotô, o meu mestre se sentou ao pé de uma mangueira, eu o vi estremecer, falar sozinho, tocar a barriga como se sentisse dor, "vai lá agora, é sua vez", me disse ele, mostrava com o dedo a cabana do outro lado da concessão, e como eu hesitava ele repetiu sua ordem de maneira mais autoritária, me conformei, e uma vez atrás da cabana descobri um buraco profundo, sem dúvida obra dos roedores dos arredores, eu o usei sem tergiversar, caí no quarto de dormir da filha de Papai

Lubotô, a jovem Kiminú era uma adolescente de pele clara, rosto redondo, contavam que era a mais bela menina de Sêkêpembê, quatro pretendentes tinham apresentado sua candidatura de casamento ao pai e só esperavam o ano seguinte quando a menina se tornaria maior e Papai Lubotô exprimiria sua escolha definitiva, a jovem Kiminú estava diante de mim, eu contemplei por um momento sua beleza, o pano mal recobria o seu quadril, o seu peito estava ao meu alcance, senti uma espécie de desejo violento, urgente, tive medo das minhas próprias partes genitais, eu que nunca fiz baixaria com nenhuma fêmea, nem mesmo com uma da minha própria espécie, juro, aliás isso não tinha em momento algum me incomodado, não pensava nisso, ao contrário de certos membros do nosso grupo na época em que se entregavam a essas coisas baixas quando o velho governante nos dava as costas, eles eram mais velhos que eu, esses companheiros, e depois, veja só, no dia dessa primeira missão vi uma excrescência repentina entre as minhas patas de trás, o meu sexo que endurecia, eu tinha até então acreditado que ele só servia para mijar assim como meu reto só servia para defecar, fiquei com vergonha, e juro que não sei até agora o que eu poderia ter feito se me encontrasse diante de um porco-espinho do sexo oposto que avançaria sobre mim ou me chamaria com a pata nesse sentido, talvez eu deva a minha virgindade a meu destino de duplo, e quando os outros membros da nossa comunidade fornicavam com as fêmeas tudo acontecia para mim como se eu assistisse a uma cena imunda, era laborioso, mas eles chegavam ao fim, gritavam, gemiam, se agarravam aos espinhos das suas parceiras, eu me perguntava então o que eles sentiam quando gesticulavam desse jeito como se estivessem acometidos por epilepsia, e além disso, lhe digo, o barulho que causavam as esfregações dos seus espinhos me aborrecia, ora, os companheiros pareciam ter prazer antes de soltar um longo estertor e cair num estado de atordoamento tal que mesmo um bebê que ainda mija no berço podia capturá-los com as próprias mãos, e, então, foi no dia dessa primeira saída que eu descobri que, se meu sexo continuava indiferente aos atrativos de um porco-espinho fêmea, ele reagia logo à vista da nudez de um ser humano do sexo feminino, a minha missão não consistia entretanto em tentar alguma experiência com essa moça, é por isso que depois de ter tergiversado eu varri essas ideias que me atravessavam o espírito, disse a mim mesmo que eu não era feito para essas coisas, que essas coisas se praticavam entre membros de uma mesma espécie, e, então, a fim de afastar melhor essas ideias da minha cabeça, pensei em outra coisa, no objetivo da minha missão, me perguntei o que tinha levado o meu mestre a se interessar pela bela Kiminú, sem dúvida por causa desse corpo de silhueta perfeita, e, uma vez mais, eu afastei com um movimento de pata esses questionamentos com medo de ser fraco no momento em que ia passar à ação, mas no fundo, ainda que me esforçasse para esvaziar o cérebro, me colocava entretanto a refletir, e me lembrei de que Kibandí fazia parte dos quatro candidatos ao casamento; o seu pedido tinha feito o vilarejo rir tanto que o meu mestre se arrependeu do ato, eu o vi discutir duas ou três vezes com esse Papai Lubotô perto da praça do mercado; um dia eles tinham bebido vinho de palma juntos, esse tipo tinha falado com emoção de Mamãe Kibandí, tinha dito "é uma boa mulher, mesmo depois de anos e de anos todo o vilarejo se lembrará dela, acredite em mim, pode se orgulhar dela, e eu sei que ela o protege", não existia nenhuma sinceridade na sua voz, além do mais Kibandí se lembrava ainda de que Papai Lubotô não tinha ido ao funeral da sua mãe, então ele fingia ser gentil em relação ao meu mestre com a esperança de receber presentes de um apaixonado cujo pedido ele rejeitaria assim que o momento chegasse, e depois, quando todos esses candidatos tinham terminado de conversar com o potencial sogro, cada um deles partia com a convicção de ser o homem da situação, o marido a quem Papai Lubotô daria sua filha de olhos fechados, ora, o meu mestre não era bobo, sabia que não teria a menor chance, dava entretanto a esse trapaceiro tudo o que possuía, tudo o que sua mãe lhe tinha legado, tapetes de festividades, cestos de noz de palma, suas economias de carpinteiro, ele tinha também refeito o telhado desse homem sem lhe cobrar um centavo, e podíamos ler no olhar de Papai Lubotô uma espécie de espera inextinguível, ele se vangloriava no vilarejo, era ele que relatava que Kibandí era feio como um percevejo, magro como um prego de moldura de foto, acrescentava que uma mulher digna desse nome não aceitaria jamais o pedido do meu mestre que podia sempre sonhar, que ele ia arruiná-lo, tirar-lhe até suas cuecas samba-canção, suas roupas de baixo, suas sandálias de borracha, sem dúvida foram a frustração e a revolta que tinham conduzido o meu mestre a querer se ocupar dessa família pois, devo precisar isto, meu querido Baobá, para que um ser humano coma um outro é preciso ter razões concretas, o ciúme, a cólera, o desejo, a humilhação, a falta de respeito, juro que nós não comemos em nenhum caso alguém apenas pelo prazer de comê-lo, e então, nessa noite memorável, a jovem Kiminú dormia como um anjo, tinha os braços cruzados sobre o peito, respirei um pouco antes de armar um dos meus espinhos mais firmes, depois projetá-lo por inteiro sobre sua têmpora direita, ela não teve tempo de perceber o que lhe acontecia, lancei de novo um outro espinho, ela tremeu, se debateu em vão, estava paralisada, me aproximei dela, a escutei murmurar palavras sem pata nem cabeça, pus-me então a lamber o sangue que pingava da sua têmpora, vi como por encantamento desaparecer o buraco deixado pelos meus dois espinhos, e não teria então nenhum traço visível para aqueles que não fossem dotados de quatro olhos, dei uma volta no outro quarto onde dormiam os pais da jovem moça, o pai ronronava como um automóvel velho, a mãe tinha o braço esquerdo caindo da cama, eu não tinha como missão me ocupar deles, afastei então a voz que me sussurrava para projetar dois ou três espinhos nas têmporas do pai e da mãe de Kiminú

no dia seguinte, o estupor ganhou Sêkêpembê inteira, Kiminú estava mesmo morta, se concordavam que ela tinha sido comida, falava-se antes de uma rivalidade entre as linhagens materna e paterna da defunta, houve uma briga entre essas duas linhagens, pegaram as machetes, zagaias, picaretas, o chefe de Sêkêpembê conseguiu apaziguar os dois lados, propôs de proceder no dia do funeral a famosa prova do cadáver que detecta o seu malfeitor, Kibandí contava um pouco com isso, meu querido Baobá, consequentemente ele se preparou, Papai Kibandí tinha lhe ensinado como contornar essas coisas, o meu mestre tinha então enfiado uma noz de palma no seu reto como na época em que o seu genitor tentou enganar a vigilância do feiticeiro Tembê-Essuká, e o cadáver da jovem Kiminú foi antes designar como culpado um dos outros candidatos ao casamento, esse pobre inocente que enterraram vivo junto com a defunta, sem outra forma de processo, porque era usual

meu querido Baobá, a prova do cadáver que detecta o seu malfeitor é temida por todo o mundo, é um rito propagado na região, cada vez que há um morto aqui os aldeões se apressam para recorrer a ele, não existe morte natural no espírito deles, só o defunto pode dizer aos vivos quem esteve na origem do seu desaparecimento, você quer sem dúvida saber como as coisas se passam, pois bem, quatro valentões carregam o caixão sobre os ombros, um feiticeiro designado pelo chefe do vilarejo segura um pedaço de madeira, bate três vezes sobre o caixão e pergunta ao cadáver "nos diga quem o comeu, mostre em qual cabana este malfeitor habita, você não pode ir embora assim para o outro mundo sem se vingar, então, ande, corra, voe, atravesse montanhas, planícies, e se o malfeitor habita para além do Oceano, e, se ele habita com as estrelas, nós iremos até ele para que pague pelo mal que lhe fez a você e a sua família", o caixão começa de repente a se mexer, os quatro valentões que o seguram sobre o ombro são como que arrastados para uma dança endiabrada, não sentem mais o peso do cadáver, correm da esquerda para a direita, com frequência o caixão os leva para o meio da savana, os traz ao vilarejo numa corrida vertiginosa, e os valentões andam sobre espinhos, sobre cacos sem sentir dor, sem se machucar, penetram na água sem se afogar, atravessam as queimadas da savana sem se queimar, e aliás uma vez os Brancos vieram aqui para observar essa prática com vista a contá-la num livro, se apresentaram como sendo etnólogos, tinham dificuldade de explicar a certos brutamontes de Sêkêpembê para que servia um etnólogo, eu, eu ri bastante pois, para ir mais rápido, palavra de porco-espinho, eu teria dito a esses imbecis que os etnólogos são pessoas que contam coisas sobre os costumes dos outros homens que eles consideram como curiosidades em relação a sua própria cultura, é isso, mas um dos Brancos se arriscou a demonstrar aos pobres perdidos de espírito deste vilarejo que a palavra "etnologia" vinha do grego *ethnos* e queria dizer "povo", então os etnólogos estudavam os povos, as sociedades, os seus costumes, a sua maneira de pensar, de viver, ele precisou que se a palavra "etnólogo" incomodava alguns, podiam simplesmente dizer "antropólogo social", o que tinha ainda semeado a confusão, e continuaram antes a pensar que eles eram uns sem-emprego em seu país ou que vinham colocar antenas parabólicas no vilarejo a fim de supervisionar as pessoas, e então eles chegaram aqui, esses Brancos etnólogos ou antropólogos sociais, tinham esperado que alguém morresse, e para a sorte deles um indivíduo tinha sido comido aqui, não pelo meu mestre, mas por um outro tipo que tinha como duplo nocivo o musaranho, os etnólogos disseram em coro "maravilha, nós temos nossa morta, ela está do outro lado do vilarejo, o enterro é amanhã, vamos enfim terminar essa merda de livro", e pediram para levar eles mesmos o caixão sobre os seus ombros porque estavam persuadidos de que alguma coisa não descia redondo nessa prática, que na verdade eram os valentões encarregados de levar o caixão que o remexiam com o intuito de acusar a torto e a direito as pessoas, mas a questão da participação dos Brancos nesse rito dividiu o vilarejo, alguns feiticeiros não desejavam que estrangeiros se misturassem aos assuntos de Sêkêpembê, finalmente o chefe do vilarejo foi diplomata, jurou que os ritos dos ancestrais funcionariam mesmo na presença dos Brancos pois os ancestrais do vilarejo são mais fortes que os Brancos, e convenceu todo o mundo que era uma sorte que essas pessoas vindas de fora participassem da prova, além do mais eles falariam de Sêkêpembê no seu livro, o vilarejo seria conhecido no mundo inteiro, vários povos de outros territórios se inspirariam nesses costumes para a glória dos antepassados, e o descontentamento se dissipou, se transformou em orgulho coletivo, quase teve briga quando chegou a hora de escolher entre os doze feiticeiros do vilarejo aquele que supervisionaria o rito, todos queriam agora trabalhar com os Brancos enquanto tal ideia era inadmissível algumas horas antes, e cada feiticeiro se gabava doravante da sua árvore genealógica, ora, só era preciso um entre eles, o chefe do vilarejo reuniu doze cauris, marcou uma pequena cruz sobre um deles, os colocou num cesto, os remexeu e pediu a cada feiticeiro para fechar os olhos antes de afundar a mão dentro e tirar um cauri por acaso, aquele que pegasse o cauri marcado teria a honra de dirigir o rito, o suspense foi até o décimo-primeiro cauri que um feiticeiro que postergava sem parar o seu turno tirou sob o olhar invejoso dos seus colegas, e então, ao fim dessas negociações, os etnólogos ou antropólogos sociais suspenderam enfim o caixão diante das gargalhadas dos aldeões que não temiam mais humilhar o cadáver deles ao exibir tal hilaridade, e o feiticeiro, retendo ele também um riso louco, deu três golpes secos com a ajuda do seu pedaço de madeira, teve dificuldade em achar as palavras a fim de suplicar ao cadáver de ir designar o seu malfeitor, mas o morto compreendeu o que esperavam dele visto que, no seu discurso, o feiticeiro acrescentou "não nos faça sobretudo passar vergonha diante desses Brancos que vieram de longe e que observam nossos costumes pela simples diversão", não foi preciso pedir duas vezes, uma chuvinha começou a cair, e quando o caixão se pôs a mexer para a frente com pequenos saltos de bebê canguru, os etnólogos que estavam atrás gritaram "mas digam então queridos colegas, parem de mexer essa merda de caixão, o deixem se deslocar se é que ele pode de verdade se deslocar, merda", e os outros etnólogos lhes responderam "parem de brincadeira, gente, são vocês que o estão mexendo, merda", o cadáver se excitou, acelerou o ritmo, arrastou os antropólogos sociais para uma plantação de lantanas, os trouxe de volta ao vilarejo, os empurrou até o rio, os trouxe de novo para o vilarejo antes de parar sua corrida desenfreada diante da cabana do velho Mubungulú, e, pegando impulso, o caixão derrubou a porta da cabana, penetrou no interior da moradia do culpado, um velho musaranho que fedia como um gambá escapou da habitação, rodopiou em volta dele mesmo no meio do pátio, foi direto em direção ao rio, o caixão o alcançou antes do primeiro arbusto, se jogou sobre ele, foi assim que morreu o velho Mubungulú, meu querido Baobá, e parece que esses Brancos escreveram um livro grosso com mais de novecentas páginas para contar essa história, eu não sei se o vilarejo de Sêkêpembê se tornou célebre no mundo inteiro, é verdade que houve outros Brancos que passaram por aqui só para verificar o que os primeiros tinham escrito no livro, vários entre eles partiram de mãos vazias pois os habitantes dotados de duplos nocivos desconfiavam deles, e depois tudo se passava como se as pessoas não morressem mais desde que chegavam Brancos nos arredores, acontecia que alguns cadáveres rejeitavam o rito, se recusavam a jogar o jogo ou que alguns aldeões deixavam como último desejo as suas famílias de sobretudo não submeter o seu cadáver a esse rito na presença de Brancos que perigavam atenuar a reputação deles no mundo inteiro, você compreende então que essa tradição seja agora praticada com muita prudência aqui, mas no fundo, lhe digo, meu querido Baobá, a razão mais crível vem de um tipo que chamamos de Amêdê, se eu falo dele no passado, é porque ele não está mais neste mundo, paz à sua alma, ele era o que os humanos chamam de um letrado, um homem culto, tinha feito longos estudos, respeitavam-no por isso, além do mais ele tinha viajado muito, subiu várias vezes no avião, esse pássaro barulhento que rasga o céu e esquece toda vez de refazer o teto, parece que Amêdê era o mais inteligente dos tipos do Sul, para não dizer do país inteiro; pois bem, nós o tínhamos ainda assim comido como você saberá logo, foi então ele que tinha pretendido que o livro que os primeiros Brancos tinham escrito sobre essa questão tinha sido publicado na Europa e sido traduzido em várias línguas, afirmava que essa obra tinha se tornado uma referência incontornável para os etnólogos, e Amêdê que o tinha lido não tinha economizado críticas, "nunca antes li tal impostura, o que lhes dizer além disso, hein, é um livro vergonhoso, é um livro humilhante para as sociedades africanas, é um emaranhado de mentiras por parte de um grupo de europeus em busca do exotismo e que desejam que os Negros continuem a se vestir com peles de leopardos e a habitar nas árvores" a brisa se eleva agora, suas folhas caem em cima de mim, é uma sensação agradável, esses pequenos detalhes me permitem doravante apreciar a alegria de viver, e quando eu olho para o céu penso que você teve uma santa sorte, você, de viver num lugar paradisíaco, tudo é verde aqui, você está sobre uma colina, domina a vizinhança, as árvores ao redor se curvam enquanto você contempla os humores do céu com a indiferença de quem já viu tudo durante sua existência, as outras espécies vegetais parecem anões de jardim ao seu lado, você governa com o olhar a flora inteira, eu escuto o rio correr desde aqui, desembocar nos rochedos um pouco mais abaixo, raras são as pessoas de Sêkêpembê que se aventuram nesses lugares, elas abateriam todas as espécies dessa savana, não o tocariam jamais graças ao respeito que os aldeões devotam aos Baobás, sei que isso não foi sempre assim, sei que disseram coisas a seu respeito, posso lê-las através das nervuras da sua casca, algumas são cicatrizes, tiveram uns loucos do vilarejo que tentaram pôr fim aos seus dias, e com sua loucura destrutiva, palavra de porco-espinho, quiseram reduzi-lo a lenha, acreditaram que você bloqueava o horizonte, que escondia a luz do dia, e eles não conseguiram pois a serra deles se dobrou diante da sua resistência legendária, e depois se contentaram com as okumês que utilizam como tábuas para fabricar ao mesmo tempo caixões e casas, essa madeira que o meu mestre utilizava para edificar as estruturas, e existem aldeões que pensam que você é dotado de uma alma, que você protege a região, que o seu desaparecimento seria prejudicial, fatal para o território, que sua seiva é tão sagrada quanto a água benta da igreja do vilarejo, que você é o guardião da floresta, que você sempre existiu desde os tempos mais remotos, é talvez por isso que os feiticeiros utilizam sua casca para curar os doentes, outros afirmam que falar com você é se dirigir aos antepassados, "senta-te ao pé de um baobá e, com o tempo, verás o Universo desfilar diante de ti", nos dizia às vezes nosso velho porco-espinho, este que relatava que antigamente os baobás podiam falar, responder, punir, chicotear os humanos com a ajuda dos seus galhos quando os primos-irmãos do macaco se uniam contra a flora, e nesse tempo, prosseguia ele, os baobás podiam se deslocar de um lugar a outro, escolher um ambiente mais confortável a fim de melhor se enraizar, alguns entre eles vinham de longe, de muito longe, cruzavam com outros baobás que iam na direção oposta pois temos sempre tendência a acreditar que a terra estrangeira é melhor que aquela que nos viu nascer, que a vida é mais suportável alhures, e eu, eu fico imaginando essa época de grande errância, essa época na qual o espaço não era um obstáculo, hoje ninguém daria crédito aos discursos do nosso governante, qual homem inflado de razão, entupido de preconceitos imaginaria que uma árvore cujas raízes estão implantadas de uma vez por todas na terra poderia se deslocar, hein, o homem incrédulo retrucaria logo "e por que não as montanhas já que estamos sobre elas, hein, elas podem também passear, as montanhas, se agarrar umas às outras num cruzamento, discutir sobre a chuva e sobre o bom tempo, trocar endereços, informar as novidades das respectivas famílias, são trivialidades tudo isso", eu, eu acredito nisso, dessa vez dou razão a nosso governante, não são lendas, não são trivialidades que ele nos contou, ele tinha razão, e eu sei que você também, você deve ter se deslocado, deve ter fugido dos territórios ameaçados pelo deserto, das regiões onde chove a conta-gotas, você abandonou sua família, se aproximou das zonas chuvosas, e não é um acaso se você escolheu o lugar mais fértil desse país, eu ignoro se existe um outro baobá nos arredores, gostaria muito de remontar a sua genealogia, saber de qual árvore você descende e em qual lugar viveram os seus primeiros antepassados, mas talvez eu esteja me distanciando um pouco das minhas próprias confissões ao falar de você, hein, é ainda a minha parte humana que se exprimiu, na verdade eu aprendi com os homens o sentido da digressão, eles não vão jamais direto ao assunto, abrem parênteses que se esquecem de fechar eu não gosto desse tipo de homem como esse jovem letrado que chamavam de Amêdê e que nós tínhamos comido, ele mal tinha chegado aos trinta, e era ele que tinha lido o livro que os etnólogos ou antropólogos sociais tinham escrito sobre a prática do cadáver que detecta o seu malfeitor, lhe digo isso porque se tem um ser do qual eu não lamento nem mesmo o desaparecimento, é esse jovem homem, ele era pretensioso, um olhem-para-mim de primeira classe que se achava o mais inteligente deste vilarejo, desta região, quiçá deste país, usava roupas de tergal, gravatas cintilantes, sapatos de quem trabalha em escritório, esses lugares de preguiça onde os homens se sentam, fingem ler uns papéis, deixam para amanhã o que é preciso fazer no mesmo dia, Amêdê andava com o peito estufado, simplesmente porque tinha feito longos estudos, simplesmente porque tinha estado em países onde neva, lhe digo que assim que ele chegava em Sêkêpembê para visitar a família as moças jovens fogosas corriam atrás dele, até mesmo as moças casadas enganavam os seus esposos, lhe levavam comida escondida atrás da cabana do seu pai, lavavam sua roupa suja, o tipo conseguia fazer essas safadezas por todo lado com essas damas casadas e essas jovens fogosas, ele as fazia no rio, na mata, nas plantações, atrás da igreja, perto do cemitério, eu não acreditava no que via, é verdade que ele era bonito, atlético, passava aliás o seu tempo mantendo essa beleza com gestos de um ser humano do sexo feminino, jamais tínhamos visto um tal coquetismo neste vilarejo, e quando ele ia se banhar no rio se mirava durante muito tempo, se cobria de essências perfumadas, olhava com satisfação sua imagem se refletir sobre a onda calma e quase cúmplice desse coquetismo, então Amêdê pensava que era bonito, muito bonito, e um dia ele quase se afogou pois, a fim de melhor contemplar a sua silhueta inteira, tinha posto os pés sobre uma pedra recoberta de musgo, e opa, palavra de porco-espinho, tropeçou, acabou na água, mas, graças a Deus para ele, ele sabia nadar e voltou para a outra margem em dois tempos e três movimentos, riu como um cretino, os banhistas o aplaudiram, e para celebrar esse dia no qual ele escapou por pouco da morte ele colheu um hibisco vermelho, o jogou no rio, o viu seguir a corrente, desaparecer num entrelaçamento de samambaias e nenúfares, é por isso que as pessoas deste vilarejo não dizem mais "hibisco vermelho" ao falar dessa flor, eles a chamam de "a flor de Amêdê"

o pior é que Amêdê criticava em voz alta o comportamento das pessoas idosas, as tratava de velhos bestas, ignorantes, idiotas, só os seus próprios pais eram poupados pois, dizia ele, se os seus pais tivessem tido a sorte de ir para a escola, eles teriam sido tão inteligentes quanto ele já que ele lhes devia sua inteligência, e quando o dia se levantava nosso pretensioso se sentava ao pé de uma árvore, lia livros espessos escritos em letras miúdas, a maioria romances, oh você com certeza nunca viu um romance, talvez ninguém tenha vindo ler um ao seu pé, você não perdeu nada, meu querido Baobá, mas para simplificar as coisas e não lhe poluir o espírito, direi que os romances são livros que os homens escrevem com o objetivo de contar coisas que não são verdadeiras, eles fingem que isso vem da imaginação deles, existem entre esses romancistas alguns que venderiam a mãe ou o pai para roubar meu destino de porco-espinho, eles se inspirariam nisso, escreveriam uma história na qual eu não teria sempre o melhor papel e passaria por um animal de maus modos, lhe asseguro que os seres humanos se entediam tanto que precisam desses romances para se inventar outras vidas, e nesses livros, meu querido Baobá, mergulhando neles, podemos percorrer o mundo inteiro, sair da savana num piscar de olhos, nos encontrar em terras longínquas, podemos cruzar povos diferentes, animais estranhos e mesmo porcos-espinho que têm um passado mais comprometedor que o meu, eu ficava constantemente intrigado quando me escondia num arbusto para escutar Amêdê falar às jovens moças de coisas que existiam nesses livros dele, e as moças o olhavam com mais respeito e consideração porque, para esses primos-irmãos do macaco, quando lemos muito, temos o direito de nos vangloriar, de julgar os outros como pior que nada, e essas pessoas que leram muito falam sem parar, citam sobretudo coisas contidas nos livros mais difíceis de compreender, querem que os outros homens saibam que eles leram, Amêdê contava então a essas pobres jovens o infortúnio de um velho que ia pescar em alto mar e que devia lutar sozinho contra um grande peixe, esse peixe era a meu ver um duplo nocivo de um pescador invejoso do velho e da sua experiência, nosso jovem homem letrado falava também de um outro velho que amava ler romances de amor e que ia ajudar um vilarejo a neutralizar uma fera que semeava o terror em toda a região, estou certo de que essa fera era um duplo nocivo de um aldeão desse país longínquo, foi também Amêdê quem contou a eles várias vezes a história de um garoto que se deslocava num tapete voador, de um patriarca que criou um vilarejo chamado Macondo e cuja descendência ia afundar numa espécie de maldição, nascer meio-homem meio-animal, com focinho, rabo de porco, estou persuadido de que devia também se tratar de histórias de duplos nocivos, e, até onde me lembro, ele contava as aventuras de um tipo bizarro que combatia o tempo todo os moinhos de vento, ou ainda, na mesma ordem de ideias, o infortúnio de um oficial que esperava em vão por reforço num acampamento perdido no deserto, e o que dizer desse velho coronel que esperava uma carta e sua pensão de antigo militar, esse infeliz coronel que vivia na privação com sua esposa doente e o seu galo de briga no qual colocavam todas as esperanças, esse galo era a única alegria deles, esse animal devia ser um duplo pacífico, por isso não insisto, e então, para botar medo nas moças, porque essas moças amavam sentir arrepios, escutar histórias de estupro, de sangue, de morte, Amêdê lhes contava sobre um gangster impotente que tinha cometido um estupro com a ajuda de uma espiga de milho num canto perdido do sul da América, ele não deixava de lhes dizer na sequência a história trágica de um duplo assassinato numa rua chamada bizarramente de "Morgue", e como se tratava de uma mulher estrangulada, introduzida à força numa chaminé de cabeça para baixo, as moças soltavam gritos de horror quando Amêdê acrescentava que atrás do prédio onde tinha ocorrido esse drama, num pequeno pátio, jazia um outro cadáver de uma velha senhora, a garganta cortada, a cabeça arrancada, e algumas moças saíam às vezes da assembleia, só voltavam depois que Amêdê tinha elucidado o mistério desse assassinato crapuloso retomando as análises perspicazes do investigador, mas na realidade a história que dava reais arrepios a essas moças era aquela de uma mulher muito bela que chamavam de Alícia, e em certos aspectos eu tinha pensado que Amêdê tirava sarro do meu mestre Kibandí ao falar dele disfarçadamente, o jovem homem dizia com frequência "após o mundo de Edgar Alan Poe, vou levá-los longe, ao Uruguai, para Horacio Quiroga", Amêdê descrevia então com deleite o personagem de Alícia, ensinava a eles que ela era loira, angelical, tímida, as moças soltavam uns "ooohhh" intermináveis, o homem culto acrescentava que Alícia era uma mulher apaixonada pelo seu esposo Jordan de caráter entretanto muito rígido, os dois se amavam apesar dos seus temperamentos opostos, caminhavam de braços dados, o casamento deles só iria durar três meses, existia a fatalidade, o céu de outono enuviava doravante o idílio deles, um pouco como uma espécie de maldição que invejava a união, tudo isso se fragilizou ainda mais devido a uma pequena gripe que se estendia, Alícia sofria, continuava de cama, emagrecia dia após dia, a vida parecia escapar dela, nada mais era como antes apesar dos cuidados de Jordan, e nesse estado do seu relato, assim que Amêdê descrevia o cenário da casa do casal, o *frisson* não estava longe, a alegria se transformava em angústia, escutavam Amêdê falar com sua voz mais grave, descrever o lar do casal Jordan e Alícia, "dentro, o brilho glacial do estuque, sem uma única e superficial fissura nas altas paredes, corroborava a desconfortável sensação de frio", e ele lia ainda, alguns parágrafos depois, "na passagem de uma peça para outra, os passos ecoavam em toda a casa, como se um longo abandono lhe tivesse aguçado a ressonância", ninguém sabia do que Alícia sofria, vários médicos desistiram, tinham tentado toda sorte de medicamento sem sucesso, Alícia morreu finalmente, e, depois da sua morte, a empregada entrou para desfazer a cama, descobriu com estupefação duas manchas de sangue sobre o travesseiro de penas que suportava a cabeça de Alícia, a empregada tentou levantá-lo, e como surpreendentemente o travesseiro de penas pesava, ela solicitou a ajuda do jovem viúvo Jordan, eles o colocaram sobre a mesa, Jordan começou a seccioná-lo com a ajuda de uma faca, "as penas à superfície voaram, e a criada, com a boca escancarada, deu um grito de pavor, levando as mãos crispadas aos bandós", lia Amêdê com um ar sombrio e aplicado, e já que as moças de Sêkêpembê ainda não compreendiam o que Jordan e sua empregada tinham descoberto nesse travesseiro de penas, Amêdê revelava enfim o mistério pronunciando com insistência cada palavra, "no fundo, entre as penas, movendo lentamente as patas peludas, havia um animal monstruoso, uma bola vivente e viscosa", e é esse animal que, em cinco dias e cinco noites, tinha sugado o sangue de Alícia com a ajuda da sua tromba, e eu, do meu lado, me dizia que essa Alícia era talvez uma iniciada, um ser humano que tinha sido comido por seu próprio duplo nocivo retraído nesse travesseiro de penas

o meu mestre me confiou um dia "sabe, precisamos dele, desse jovem homem, porque ele não se acha um merda, ele conta besteiras às pessoas, parece que ele diz que eu estou doente e que existe uma besta que me come toda noite", e nós esperamos as férias da estação seca quando o jovem homem voltava da Europa com suas caixas de romances, depois um dia Amêdê passou diante da casa do meu mestre, viu Kibandí sentado do lado de fora com um livro esotérico entre as mãos, Amêdê disse "caro senhor, estou contente de saber que o senhor lê de tempos em tempos", o meu mestre não respondeu, o jovem homem emendou "se não me engano, o senhor me parece bem magro e me lembra um infeliz personagem dos *Contos de amor, de loucura e de morte*, e cada ano isso vai de mal a pior pro senhor, não é nem mesmo a perda da sua mãe que o coloca nesse estado, hein, eu insisto em aconselhá-lo a consultar um médico da cidade, espero que não haja uma besta escondida sob o seu travesseiro e que se nutre do seu sangue com ajuda da sua tromba, se é o caso, ainda há tempo para queimar esse travesseiro, matar a besta que se esconde lá dentro", o meu mestre não retrucou uma vez mais, achou mesmo que o intelectual do vilarejo delirava, acreditava que as pessoas eram personagens dos livros que tinha trazido da Europa, e Kibandí prosseguiu a leitura do seu livro que falava de coisas mais importantes do que aquelas que são contadas nos livros de Amêdê, e quando o jovem homem passou por ele, Kibandí lhe deu uma última olhada e pensou "veremos bem quem vai emagrecer até se transformar numa estrutura óssea, eu não sou uma dessas pequenas donzelas a quem você conta suas histórias"

de manhãzinha, Amedée começou sua caminhada cotidiana pela savana, só usava um *short*, andou assobiando até a beira do rio onde afundou os pés na água, se estendeu sobre a margem e se pôs a ler os seus livros de mentiras, o meu mestre tinha me dito para ir espiá-lo, para ir ver o que ele estava tramando sozinho, para me assegurar de que esse jovem homem não possuía ele também um duplo que nos poderia causar incômodos quando nos ocupássemos dele, era uma precaução inútil pois, meu querido Baobá, esse homens que vão à Europa, palavra de porco-espinho, se tornam tão limitados que estimam que as histórias de duplos só existem nos romances africanos, e isso os diverte mais do que os incita à reflexão, preferem raciocinar sob a proteção da ciência dos Brancos, e aprenderam raciocínios que os fazem dizer que cada fenômeno tem uma explicação científica, e quando Amêdê me viu sair de um arvoredo perto do rio, palavra de porco-espinho, gritou de raiva "besta suja, saia de perto da minha vista, espécie de bola com espinhos, vou reduzi-lo a massa e comê-lo com pimenta e mandioca", eu aumentei de tamanho, estava à beira da explosão, os olhos exorbitados, fiz os meus espinhos rangerem, dei voltas ao redor de mim, o vi agarrar um pedaço de madeira com a firme intenção de me derrubar, isso me lembrou a atitude de Papai Mationgô na época em que o meu mestre era o seu aprendiz, eu fiz um quarto de volta, procurei qual direção seguir para escapar dessa ameaça de morte, e logo desapareci no arvoredo do qual tinha surgido, Amêdê avançou mais um pouco, eu conhecia esse arvoredo melhor do que ele, me deixei então rolar sobre as folhas mortas e me encontrei embaixo da colina, o pedaço de madeira que ele lançou tombou a alguns centímetros da minha goela, e assim que reencontrei o meu mestre meia hora mais tarde lhe contei como esse tipo tinha nos insultado, como ele tinha tentado nos matar com sua madeira, Kibandí não perdeu a calma, me assegurou "não ligue para isso, não é ele que poderá nos fazer o que quer que seja, eu, eu não estive na Europa, entretanto não sou um inculto, o *mayamvumbí* nos dispensa de frequentar a escola para saber ler e escrever, ele abre o espírito, capta a inteligência, e esse tipo não pegará de novo o avião pra Europa, sou eu que lhe digo isso, ele é nosso, o seu lugar é sob a terra, para mim ele está morto faz tempo, mas ele não o sabe por que os Brancos não ensinam essas coisas nas suas escolas" à meia-noite, enquanto chovia, nós fomos em direção à pequena habitação de Amêdê que se anexava àquela dos seus pais, tínhamos deixado o outro ele mesmo do meu mestre estendido sobre o último tapete tecido por Mamãe Kibandí, o céu rajava de tempos em tempos com relâmpagos ofuscantes, Kibandí se sentou ao pé de uma árvore, me fez sinal para ir lá enquanto ele bebia uma boa dose de *mayamvumbí*, não esperei uma segunda ordem porque eu estava também furioso com esse pequeno gênio, fui arranhar com raiva a terra sob a porta do seu casebre a fim de abrir passagem, e como caía agora um dilúvio a minha tarefa foi facilitada, o que fez com que rapidinho eu conseguisse cavar um buraco tão grande que mesmo dois porcos-espinho gordos e preguiçosos podiam se introduzir lá sem dificuldade, e uma vez dentro eu vi uma vela acesa, esse imbecil tinha esquecido de apagá-la, dormia de barriga para baixo, então avancei deslizando as patas, cheguei no nível da cama de bambu, não sei por que estava com medo, mas pude dominá-lo, me coloquei sobre duas patas e me agarrei à cama, estava agora entre as pernas abertas de Amêdê, me contraí para escolher o espinho mais firme dentre as dezenas de milhares que queriam todos me ser úteis nesse instante, e pá, lancei a carga que aterrissou bem no meio da nuca do jovem homem, o espinho entrou quase por inteiro nesse cérebro que azucrinava o meu mestre e, consequentemente, me azucrinava também, Amêdê não teve tempo de acordar, foi pego por uma sucessão de espasmos e de soluços enquanto eu me encontrava sobre o seu corpo a fim de retirar o espinho com a ajuda dos meus incisivos, e o removi, lambi o seu sangue até que nenhum traço do meu ato subsistisse, vi o pequeno buraco se fechar como na época em que me ocupei da filha de Papai Lubotô, a jovem e bela Kiminú, dei um salto para voltar ao chão, mas antes de ir embora me aproximei da vela porque queria queimar a cabana, e depois pensei que isso não me serviria para nada, não devia ultrapassar o objetivo de minha missão, Kibandí teria me reprimido, voltei os olhos por curiosidade para o título do último livro que o letrado estava lendo antes de se deitar, *Histórias extraordinárias*; ele tinha adormecido, envolto no universo dessas histórias, era também um desses livros que lhe permitiam contar mentiras às moças do vilarejo, agora ele iria contá-las aos fantasmas, e nisso, meu querido Baobá, é preciso acreditar porque os fantasmas, é um outro mundo, é um outro universo, não existe ninguém mais incrédulo do que eles, para começar eles não acreditam no fim dos seus corpos físicos, querem mal aos outros por continuarem a viver, querem mal à Terra por continuar a girar, e é por isso que no lugar de irem para o céu essas sombras errantes continuam aqui embaixo com o intuito de reviver, vou dizer que os fantasmas não engolem qualquer coisa

  o enterro de Amêdê foi um dos mais emocionantes de Sêkêpembê, o acontecimento contrastava com aquele da lamuriosa Mamãe Kibandí, tinha-se a impressão de que só havia jovens moças ao redor do finado, estas tinham convocado suas amigas dos vilarejos vizinhos para virem fazer uma homenagem digna desse nome a esse ser excepcional que era o orgulho de Sêkêpembê, da região, quiçá do país, e então quiseram saber o que tinha acontecido ao intelectual; alguns velhos diziam que ele tinha lido demais os livros vindos da Europa, outros exigiam que procedessem com o ritual do cadáver que detecta o seu malfeitor, os pais de Amêdê se opuseram a essa ideia porque, lembraram eles, o seu filho não acreditava nessas coisas, que seria uma ofensa passear com o seu cadáver pelo vilarejo, eles aceitaram essa morte, enterraram o jovem homem com duas caixas de livros, algumas obras estavam ainda embaladas, com os preços da moeda corrente na Europa, e no momento da oração fúnebre, feita dessa vez pelo pároco vindo do vilarejo e não por um dos feiticeiros do vilarejo que se suspeitava serem incapazes de se exprimir em latim, o homem de Deus lembrou como o jovem letrado tinha sabido fazer regredir a ignorância, como ele tinha mostrado que o livro era um espaço de liberdade, de reconquista da natureza humana, ele se exprimiu em latim, leu algumas boas páginas de *Histórias extraordinárias*, deixou o livro de lado, pegou uma bíblia nova, a colocou sobre o caixão antes de concluir, com uma voz de gralha, "que este livro possa lhe permitir, meu querido Amêdê, aproximar-se das vozes impenetráveis do Senhor e compreender finalmente que a história mais extraordinária, mas realmente a mais extraordinária, é aquela da criação do Homem por Deus, e essa história extraordinária está relatada no Livro santo que eu lhe ofereço para suas leituras no outro mundo, amém"

o meu mestre era ainda assim um homem tranquilo, sem aparentar, não era bom procurar briga com ele, acho que eu o vi brigando uma ou duas vezes só, e penso no velho Mudionguí, o extrator de vinho de palma, talvez o melhor extrator de vinho de palma de Sêkêpembê, eles se conheciam muito bem, ele e o meu mestre, eu não imaginaria que um dia seria levado a dar fim a esse tosco, digamos que sua vida se limitava ao vinho de palma, ele sabia como retirar o mwenguê, o melhor vinho que uma palmeira podia dar, as mulheres do vilarejo ficavam doidas porque era o vinho menos amargo, ora, o ruim do mwenguê é que não nos damos nem mesmo conta da bebedeira, começamos a beber copo após copo, não percebemos que estamos gargalhando como uma hiena, e é só no momento em que nos levantamos que percebemos que não controlamos mais as pernas, então andamos pros lados como um caranguejo, as pessoas se divertem, e dizem "olha aí mais um que consumiu o mwenguê do velho Mudionguí", e o meu mestre tinha adquirido o mau hábito de misturar agora um pouco do mwenguê no seu líquido iniciático a fim de edulcorar, ele não queria mais beber sua bebida sem misturá-la com esse vinho de palma do velho Mudionguí, então todas as manhãs o tosco passava pela cabana de Kibandí para deixar um litro de vinho de palma, ele lembrava a memória de Mamãe Kibandí e dizia como o tempo passava rápido, era na verdade para suscitar a piedade de Kibandí, incitá-lo a lhe dar mais dinheiro, o meu mestre mal o escutava, dava-lhe um papel-moeda amassado, Kibandí estava persuadido de que o vinho de palma acrescentava um quê no seu *mayamvumbí*, ora, o velho Mudionguí se tornava caprichoso, ficava zangado por nada, às vezes Kibandí era obrigado a acordá-lo para que ele fosse à savana recolher o vinho de palma, e, tirando proveito da dependência do meu mestre por esse vinho, o velho aumentava o preço do litro segundo os seus humores, era pegar ou largar, "se num tá de acordo, é só ir pegar o mwenguê você mesmo, ou então você paga o preço que eu quero, ponto final", Mudionguí fingia que o mwenguê estava cada vez mais raro, que as palmeiras da região não davam mais esse vinho especial, que o meu mestre devia se contentar com o vinho de palma normal, e um dia esse velho trouxe o mwenguê como de costume, o meu mestre provou, uma dúvida o atravessou, percebeu que não era o verdadeiro mwenguê, que o velho o tinha enganado, não disse nada, mas me chamou uma noite e me disse "olha, amanhã, assim que amanhecer, na hora em que o campo clareia, quero que você siga esse extrator de vinho de palma besta, tem algo de obscuro no seu comportamento, eu o sinto, vá então ver como ele trabalha", e eu segui o tipo desde bem cedo no dia seguinte, o vi desaparecer na floresta, chegar a um lugar onde as palmeiras brotam a perder de vista, o vi chegar ao topo de uma palmeira na qual tinha amarrado suas cabaças na véspera, ele as retirou, estavam cheias, desceu, se sentou ao pé dessa árvore, tirou um pacotinho do bolso, o surpreendi despejando açúcar no vinho de palma que acabava de extrair, e como ele não gostava do meu mestre ele até mesmo cuspiu na cabaça vociferando palavras maldosas, contei a Kibandí mais tarde, e então, quando o extrator de vinho de palma despontou diante da cabana de Kibandí para lhe oferecer essa bebida ruim, ele se encontrou face a um homem que lhe cuspia a verdade, eu os escutei brigar, o velho Mudionguí queria a todo preço vender o seu vinho de palma, o meu mestre respondeu que não era o verdadeiro mwenguê, e eles trocaram entre si nomes de pássaros migrantes, o velho Mudionguí insultou o meu mestre, "pobre esqueleto, você está morto faz tempo, está com inveja do meu trabalho porque você não passa de um carpinteiro, é incapaz até mesmo de subir numa mangueira, tipos como você são estragados, maniongí, ngêbês, ngubás ya ko polá", Kibandí não respondeu a esses insultos em língua bembê[8] se contentou em dizer ao extrator de vinho de palma "veremos, veremos quem é um maniongí, um ngêbê, um ngubá ya ko polá", o velho Mudionguí disse, antes de partir, "veremos o quê, hein, você não passa de um pobre tipo, não conte mais comigo para beber o mwenguê neste vilarejo, pobre cadáver, sua mãe o espera no cemitério"

eu deixei o meu mestre com o seu outro ele mesmo, os dois estavam dormindo sobre o último tapete tecido por Mamãe Kibandí, o dia começava a levantar, cheguei ao pé da mesma palmeira da última vez quando tinha surpreendido o extrator de vinho de palma misturar açúcar na cabaça e cuspir dentro, foi o tempo de eu subir, me esconder no topo dessa árvore, a alguns centímetros dessas cabaças presas bem alto e que transbordavam vinho de palma, as abelhas já tinham instaurado uma festa ao redor, vi chegar o velho Mudionguí, me parecia ansioso porque olhava para a esquerda e para a direita, não compreendia como o meu mestre estava ciente das suas pequenas trapaças, eu o vi arrumar as cordinhas que ia utilizar para chegar até o topo da palmeira, e ele subia agora, subia mais, mas ao chegar à metade do percurso varreu com o olhar o entorno como para se certificar de que ninguém o tinha seguido, e depois, assegurado, continuou a subir, não estava mais tão longe das suas cabaças, e assim que levantou a cabeça, palavra de porco-espinho, cruzou com os meus olhos ao mesmo tempo sombrios e reluzentes, era tarde demais para ele, dois dos meus espinhos já tinham se desprendido e o tinham atingido bem na cara, o velho escorregou, tentou se segurar num galho de flamboaiã que brotava da palmeira, em vão, eu o escutei

---

[8] Uma das línguas bantu faladas na República do Congo. [N.T.]

cair, aterrissar como um saco de batatas lá embaixo, as pernas e os braços afastados, os aldeãos o encontraram nesse lugar um dia depois, os olhos bem abertos, o rosto endurecido, e a população concluiu que ele estava muito velho para extrair vinho de palma, que seria melhor se tivesse se aposentado e iniciado um dos jovens de Sêkêpembê a fim de que este o substituísse o problema com Yulá é que ele devia dinheiro ao meu mestre, é sem dúvida um dos episódios que mais me rasga o coração até hoje pois, a bem ver, é o que causou indiretamente o desaparecimento de Kibandí, mas é preciso que eu lhe conte isto com menos precipitação, eu não estava à vontade após ter finalizado essa missão, revia sem parar o rosto da vítima, sua inocência, achava que Kibandí tinha ido um pouco longe dessa vez, teria eu o direito de lhe exprimir os meus sentimentos, hein, um duplo não tem que julgar nem discutir, muito menos se deixar levar pelo remorso a ponto de paralisar o desenrolar das coisas, e para mim esse ato era um dos mais gratuitos que nós tínhamos cometido, Yulá era um pai de família tranquilo, um pequeno camponês sem educação e cuja atividade não ia bem, ele tinha uma mulher que o amava e acabava de ter um filho com ela, um bebê que mal abria os olhos, e depois, um dia, e não sei por que, teve essa história da dívida entre ele e Kibandí; Yulá veio vê-lo para emprestar dinheiro, uma soma entretanto ridícula que ele devia reembolsar na semana seguinte, parece que ele queria comprar medicamentos para o seu filho e jurou que reembolsaria a dívida rapidamente, ele se abaixou, se colocou de joelhos, versou lágrimas pois ninguém tinha querido lhe emprestar a soma derrisória, Kibandí lhe fez esse favor, ele, cujas economias diminuíam de ano em ano desde que tinha renunciado à carpintaria; além disso as notas que deu a Yulá estavam tão sujas e amassadas que teriam acreditado que ele as tinha tirado do lixo, e uma semana passou, Kibandí não viu ninguém diante da sua cabana, uma outra semana passou, Yulá não apareceu, tinha desaparecido de circulação, o meu mestre pensou por justa causa que ele fugia, então foi até o seu domicílio dois meses mais tarde, lhe disse para devolver o seu dinheiro senão as coisas iam se complicar entre eles, e como o homem estava bêbado nesse dia ele se pôs a debochar, a insultar Kibandí, a lhe dizer para sair do seu campo de visão, para ir arrastar o seu esqueleto um pouco mais longe, o que não deixou de irritar o meu mestre que lhe jogou a reflexão, "você procura dinheiro para encher a cara e é incapaz de reembolsar suas dívidas", e, como Yulá debochava ainda mais, Kibandí acrescentou secamente e em voz alta "quando não temos dinheiro, não fazemos filhos", Yulá se deu ao luxo de resmungar "será que eu lhe devo mesmo dinheiro, eu, hein, você está se enganando de pessoa, saia do meu terreno", sua esposa tomou partido, ordenou por sua vez que o meu mestre fosse embora senão ela ia chamar um sábio do conselho do vilarejo, e assim que o meu mestre chegou em casa, desapontado, eu o vi soliloquiar, proferir injúrias, eu sabia que as coisas iam acabar mal para Yulá, não tinha jamais visto Kibandí em tal estado, nem mesmo quando o jovem pretensioso Amêdê o tinha tratado como doente, e ele me chamou rapidinho, tinha urgência, não podia mais esperar, Yulá ia saber com que fogueira o meu mestre se aquecia, e à meia-noite, depois que Kibandí tinha engolido uma overdose de *mayamvumbí*, dessa vez sem misturá-lo com o mwenguê para edulcorá-lo, nós estávamos bem preparados, o outro ele mesmo do meu mestre nos acompanhava dessa vez, ainda que eu não visse precisamente qual seria o seu papel, chegamos os três diante da morada do camponês, sua casa estava tão acabada que mesmo um asno podia entrar lá pelos buracos da fachada principal, o meu mestre se sentou ao pé de um flamboaiã, o seu outro ele mesmo estava atrás dele e nos dava as costas como de costume quando estava em movimento; dei a volta na cabana, desemboquei no quarto de dormir, vi Yulá roncando sobre um tapete enquanto sua mulher estava na cama, do outro lado do cômodo, isso se passava assim sem dúvida toda vez que o esposo estava bêbado, e eu atravessei o quarto, me orientei em direção ao quarto do filho, assim que me aproximei do bebê tive um aperto no coração, quis dar meia-volta, o outro ele mesmo de Kibandí estava atrás de mim, me perguntei por que o meu mestre tinha decidido atacar a criança ao invés de atacar o homem que lhe devia dinheiro, ou a rigor sua esposa que tinha ousado tomar partido enquanto discutiam, os meus espinhos se tornaram pesados e preguiçosos, eu pensava que não poderia projetar nem um, nunca tinha atacado uma criança até aquele dia, precisava encontrar um motivo a fim de aumentar a minha determinação e recolocar energia nas minhas armas, mas qual motivo encontrar, eu não o via, e depois, de repente, eu pensei que o meu mestre tinha ainda assim razão de lembrar a esse tipo que quando não temos dinheiro não fazemos filhos, me lembrei também de que o velho porco-espinho que nos governava professava outrora que os homens eram maus, incluindo os seus filhos, por- que "os filhotes do tigre não nascem sem as suas garras", então era preciso procurar uma imperfeição nesse Yulá, era preciso encontrar um defeito imperdoável nele, e eu repeti a mim mesmo que esse tipo era um bebum, ademais o seu pobre filho ia ter uma existência de merda junto a esse camponês sem educação, murmurei a mim mesmo esses últimos argumentos como para varrer a onda de remorsos, como para afastar a piedade que adormecia os meus espinhos, estes reencontraram de repente sua energia, eu os sentia agora barulhentos, a raiva do meu mestre tinha se tornado a minha, era como se Yulá me devesse dinheiro, e não pude perceber que o ser diante de mim era apenas um inocente, eu me dizia ao contrário que nossa ação ia antes libertá-lo, aliviá-lo, Yulá não merecia ser pai, ele que era alcoólatra, ele que não honrava os seus compromissos, ele que devia talvez dinheiro a toda a população, e foi nesse instante de reflexão que me contraí, um espinho firme se desprendeu das minhas costas para atingir a pobre criança, o outro ele mesmo do meu mestre tinha desaparecido do cômodo, sem dúvida estava ele lá para melhor me incitar a ter coragem de agir, saí rápido do lugar a fim de evitar a tristeza, não devia sobretudo olhar um pequeno inocente desaparecer deste mundo devido à imbecilidade e ao descuido do seu pai, não queria ver essa cena, e entretanto eu não estava tranquilo, tinha vergonha da minha imagem assim que ela se refletia no rio, fui assistir ao enterro, um pouco com a esperança de me fazer perdoar, escutei toda essa gente entoar cantos fúnebres, e verti lágrimas

      nos dias seguintes a esse acontecimento, a imagem do bebê de Yulá aparecia para mim, me assombrava, comecei a temer a minha própria silhueta em pleno dia, a me dizer que o fantasma desse bebê me esperava no primeiro arbusto, talvez tudo isso já pesasse na minha consciência, e assim que me retirei na savana fiz o balanço, analisei os outros fatos, os menos graves, os mais ou menos graves, os graves, e sobretudo os bem graves como a morte desse menino, e os rostos das nossas vítimas se mostravam para mim, nós já estávamos na nonagésima nona missão, mas nenhuma desconfiança recaía sobre nós nesse momento, o meu mestre se safava sempre graças à noz de palma que ele enfiava no reto, e eu não entendia por que, de todas as vítimas, só o bebê de Yulá me impedia de sonhar com outra coisa, tudo se passava como se ele nos espiasse, nos esperasse na esquina, e afinal, pensava eu, era apenas um humano minúsculo sem força e sem poder, eu me lembrava também de que o velho porco-espinho que nos governava nos alertava sobre nossos menores inimigos que eram os que mais devíamos temer, então acontecia de eu pensar que esse bebê me enviava uma mensagem, me empurrava à revolta e que bastava colocar um fim nos meus dias para acabar com o fluxo das nossas missões, ou me rebelar contra o meu mestre enfrentando-o, ou desaparecer sem deixar traços, mas uma força me retinha ainda que eu tivesse o pressentimento de que a centésima missão nos seria fatal, nos custaria a vida certamente, talvez fosse apenas uma angústia, e estava persuadido de que, do seu lado, Kibandí não contabilizava nada, se deixava levar pelas vertigens, pela bebedeira do *mayamvumbí* como as vítimas se acumulavam, eu não sentia mais prazer em obedecer ao meu mestre, ele era obrigado a gritar várias vezes, grudar o seu outro ele mesmo no meu traseiro, me ameaçar de morte, eu sabia entretanto que ele não podia colocar em execução essa última intimidação, ele assinaria nosso desaparecimento, e então, meu querido Baobá, nossa empreitada noturna se fragilizava

os olhares da população se voltavam ao meu mestre que parecia agir apenas por rotina, nós tínhamos em seguida tido dificuldades para finalizar a centésima missão, não contávamos mais os fracassos, os meus espinhos se tornavam menos eficazes, erravam o alvo, como com essa mulher que se chamava Ma Mporí, eu a tinha acertado na panturrilha, os meus espinhos não provocaram nadinha de nada, isso poderia já ter chamado a atenção de Kibandí, ora, o meu mestre desejava que eu recomeçasse a missão, é impensável e até mesmo intrépido atacar duas vezes a mesma pessoa, eu sei que essa mulher tinha também *alguma coisa*, essa mulher não era um ser ordinário, ela me tinha feito compreender ao me perguntar várias vezes quem tinha me enviado, quem era o meu mestre, só um iniciado perguntaria esse tipo de questão, e quando penso na velha Mporí digo a mim mesmo mais uma vez que poderíamos ter redobrado a vigilância, o meu mestre não estaria hoje sob a terra apodrecendo, mas essa velha Mporí, vou lhe contar, era uma outra história, estou certo de que ela tinha comido algumas pessoas deste vilarejo, e aliás por que eu falo dela no passado se ela está ainda viva, hein, ela não tem mais dentes, deixa a porta aberta a noite inteira, mostra sua nudez em sinal de maldição quando os jovens lhe faltam ao respeito, e esses jovens saem correndo porque ver tal espetáculo os amaldiçoa eternamente, ela fica em pé sobre as pernas raquíticas com uma pele de lagarto velho, não existia nenhum antecedente entre ela e o meu mestre, entretanto Kibandí imaginava que ela sabia o que nós fazíamos à noite, ela nos incomodava então, ela era um perigo, era preciso fazê-la desaparecer, era mais fácil dizer do que fazer mesmo sua porta estando aberta no dia em que eu devia executar a missão, foi mês passado, eu estava sozinho, nem mesmo acompanhado pelo outro ele mesmo de Kibandí, a menos que ele tenha ido se esconder em algum canto sem meu conhecimento, Ma Mporí se encontrava no seu casebre, e quando eu enfim entrei lá, uma escuridão me cegou, eu não via nada, mal adivinhava a silhueta da velha num canto, os meus espinhos não se mexiam mais, eu precisava agir entretanto, executar a missão, foi então que a escutei murmurar "avance então, besta velha, você vai saber quem é Ma Mporí, vou lhe mostrar a minha nudez", ela mesma me via, e eu, eu não podia distingui-la, e ela acrescentou "os trecos que você faz neste vilarejo junto àquele que o enviou aqui, num é a mim não que os fará, você se deu mal, pobre imbecil", eu comecei a ter medo, quis dar meia-volta enquanto atrás de mim a porta parecia ter se fechado, tinha como uma parede, evidentemente era uma ilusão, "quem é então o seu mestre, hein, quem o enviou aqui, é esse carpinteiro Kibandí, num é, hein, é ele mesmo, hein", me gritava ela, e como eu não respondia escutei a cama ranger, Ma Mporí se colocou de pé, essa velha cansada transbordava agora de energia, "diga você mesmo quem é o seu mestre, vocês não comeram gente suficiente desse jeito no vilarejo, hein, o bebê de Yulá, foi também vocês, hein", e então, palavra de porco-espinho, era preciso me apressar pois ela avançava na minha direção com determinação, ela tinha algo nas mãos, uma machete, pensava eu sem entretanto ter certeza disso, pude armar um espinho rapidamente, o projetei na sua direção, a escutei gritar "besta suja, o que é que você fez no meu tornozelo, hein, espere um pouco que o pego", procurei uma saída nessa opacidade que cegava, segui direto para a porta, me encontrei do lado de fora, a velha saiu do seu casebre, levada por suas pernas magras de repente ágeis, ficou parada em pé falando diante da entrada da sua cabana, "vocês espíritos maus deste vilarejo, eu os vejo de noite, vocês feiticeiros e maldosos deste vilarejo, quando eu deixo a minha porta aberta, como agora, é para lhes pregar uma peça, tentem então voltar aqui, e verão de muito perto a minha nudez", eu já estava longe, era meu maior medo, meu coração batia forte, se eu tivesse tido coragem teria dito ao meu mestre que tínhamos atingido o limite da nossa atividade, que não podíamos sobretudo ultrapassar a linha vermelha, infelizmente eu nada disse, e além de tudo foi Kibandí quem me criticou, ele foi muito cruel a meu respeito, se esqueceu da minha devoção, dos serviços que eu tinha feito para ele até aquele dia, me tratou de bom para nada, me ameaçou de morte uma vez mais, foi nesse dia que eu entendi sua relação com o seu outro ele mesmo, de fato o meu mestre me apontou com o dedo o outro ele mesmo dormindo sobre o último tapete tecido por Mamãe Kibandí antes de concluir "você vê bem esse tipo dormindo, hein, nesses últimos tempos ele tem tido cada vez mais fome, e não é o momento de causar problemas como você o fez, ele tem que comer, esse tipo, senão nós pagaremos caro, você ignora que cada vez que ele tem fome, sou eu quem suporta tudo", e ele me lembrou de que eu devia recuperar o tempo perdido, que eu devia atacar dessa vez a família Mundjulá, um casal chegado a Sêkêpembê havia pouco com os seus dois filhos, uns gêmeos que, dizia ele, lhe faltavam ao respeito, o meu mestre estava então longe de saber que ele acabava de assinar a sua sentença de morte ao me confiar essa missão que seria o centésimo sucesso, perdão, o centésimo primeiro já que nós daríamos dois golpes com uma só pedra palavra de porco-espinho, como o tempo passa rápido, estou rouco, a noite já caiu sobre Sêkêpembê, e eu aqui chorando sem compreender por que, a solidão me pesa desta vez, me sinto culpado de não ter nada feito para salvar o meu mestre, era eu capaz disso face a esses dois meninos que não pouparam esforços algumas semanas antes da sua morte, hein, eu não sei de nada, queria primeiro salvar a minha própria pele ainda que estivesse persuadido de que a morte de Kibandí acarretaria a minha, e, nessas condições, os homens têm razão de afirmar que um covarde vivo vale mais que um herói morto, digamos que eu não estou atravessado pela tristeza que me causa a ausência de Kibandí, também não estou incomodado com a sorte que tenho de viver até hoje, de tê-lo como meu confidente, tenho vergonha do que lhe contei desde esta manhã, não gostaria que me julgasse sem levar em conta o fato de que eu não passava de um subalterno, uma sombra na vida de Kibandí, jamais aprendi a desobedecer, tudo se passava como se eu estivesse tomado pela mesma raiva, pela mesma frustração, pelo mesmo rancor, pelo mesmo ciúme que o meu mestre, e eu não gosto do meu estado de espírito atual porque os rostos das nossas vítimas não param de me assombrar, essas pessoas desaparecidas estão mais ou menos lá diante de mim, me rodeiam, espiam, mostram o dedo, posso ler nas suas caras os motivos que nos conduziram a pôr um fim em seus dias, eu poderia consagrar um ano inteiro para lhe falar disso, nós tínhamos comido, por exemplo, o jovem Abebá porque ele tinha ridicularizado a magreza do meu mestre a quem ele tinha surpreendido seminu à beira do rio, era imperdoável, acredite em mim, nós tínhamos comido Asalaká porque ele tinha profanado a tumba de Mamãe Kibandí depois de ter tratado o meu mestre de feiticeiro, era desrespeitoso, os mortos têm direito de repousar, nós tínhamos comido Ikonongô porque ele tinha ousado defender a atitude do profanador da tumba de Mamãe Kibandí, então ele também era solidário aos atos desse profanador, nós tínhamos comido Lumuamú porque ela tinha rejeitado as investidas do meu mestre em público no bistrô *Le Marigot*, além disso era ela quem tinha provocado Kibandí, e depois ela fingiu que era o meu mestre quem tinha ido longe demais, que para ela era apenas um jogo, também disse que Kibandí deveria se olhar no espelho antes de falar com uma mulher como ela, você vê que tais discussões eram intoleráveis, nós tínhamos comido o velho Mabêlê porque ele disseminava mentiras a respeito do meu mestre, ele lhe atribuía o roubo de um galo vermelho do chefe do vilarejo, o que não era nem mesmo verdade já que são os meninos deste vilarejo que fazem esse tipo de roubo, nós tínhamos comido Mufundirí porque ele era desses que queriam que um feiticeiro viesse purificar o vilarejo, livrá-lo de todos os detentores de duplos nocivos, ele achava que era quem, hein, sobretudo porque o meu mestre não queria terminar como o seu pai, ele se lembrava do feiticeiro Tembê-Essuká que tinha estado na origem da morte de Papai Kibandí, nós tínhamos comido Luvunú porque ele confessava ter visto um animal bizarro que se parecia com um porco-espinho atrás da cabana do meu mestre, ele dizia coisas do tipo "por um lado era como um porco-espinho, lhe digo, e por outro, é bizarro, nem era como um porco-espinho, quero dizer, era um animal estranho, me olhou como um homem poderia olhar um outro homem, e me mostrou o seu traseiro antes de desaparecer no ateliê do carpinteiro, juro que não sonhei, acredite em mim", esse tipo tinha razão mas tinha cometido o erro de ir relatar a cena ao chefe do vilarejo que veio falar disso com Kibandí mostrando-lhe o dedo, nós tínhamos comido Ekondá Sakadê porque ele tinha visto o meu mestre falar comigo num arbusto perto da tumba de Mamãe Kibandí, ele também tinha ido relatar a cena ao chefe do vilarejo, nós tínhamos comido o sábio e velho Otchombê porque ele tinha se oposto à candidatura de Kibandí ao conselho do vilarejo com o motivo de que o meu mestre era e continuaria sendo um estrangeiro, o que o tinha ofendido, ele que se esgotava para mostrar ao vilarejo que era um habitante ordinário, nós tínhamos comido o comerciante Komayayô Batobatangá porque ele tinha se recusado a nos vender fiado um lampião e duas latas de sardinha a óleo fabricadas no Marrocos, era uma injustiça da sua parte pois todo o vilarejo comprava fiado com ele, nós tínhamos comido a velha Dikamoná porque ela fazia uns vai e vens suspeitos todas as noites diante da cabana do meu mestre; essa mulher queria na verdade surpreender os dois, o meu mestre e eu, desde que corriam boatos de que este tinha *alguma coisa*, e, na realidade, palavra de porco-espinho, nós tínhamos começado a comer as pessoas por um sim ou por um não, porque era preciso alimentar o outro ele mesmo do meu mestre, e, quando essa criatura sem boca, sem orelhas e sem nariz estava satisfeita, ela não saía mais do último tapete tecido por Mamãe Kibandí, se arranhava, peidava, jamais um ser normal tinha tido tanta fome quanto ele, e, o olhando estendido sobre o tapete, eu podia adivinhar que tinha fome, porque ele se virava de repente, se remexia durante uma meia hora antes de permanecer imóvel tal qual um cadáver

    se algumas das nossas vítimas não se demoram mais na minha memória, é porque, meu querido Baobá, as missões que eu realizava então remontavam ao meu longo período de aprendizagem, eu as considero tão idênticas que talvez as tenha misturado ao longo da narração que lhe fiz dos atos que são aos meus olhos os mais importantes da minha carreira de duplo a fim de chegar à missão mais que perigosa de sexta-feira passada

    eu vejo essa família recém-chegada a Sêkêpembê, vejo os dois meninos que correm, que gritam, que estão por todo canto ao mesmo tempo, já via essas cenas como uma advertência, quis alertar o meu mestre, ele tinha uma ideia, já tinha um plano bem estabelecido, não podia aceitar a impertinência desses pequenos, e ele murmurava palavras maldosas a respeito deles, procurava na verdade um álibi, o motivo que iria levá-lo a se desfazer disso de uma vez por todas, mas as coisas se passaram de outra maneira o meu mestre estava possuído pela sede do *mayamvumbí* e pelo apetite inextinguível do seu outro ele mesmo, assim tinha negligenciado algumas proibições elementares que observam os detentores de duplos nocivos, por exemplo, não atacar sobretudo gêmeos, ele agia agora com uma leveza que me deixava boquiaberto, a prudência estava mais do meu lado, ele estava convencido de que desafiar essas proibições o levaria ao ápice, como se corresse para superar o recorde do seu pai, é por isso que ele não ficava mais tranquilo desde que a família Mundjulá tinha se instalado em Sêkêpembê, e aliás, na época da chegada dos Mundjulá, o pai de família não escondia o seu orgulho, arrastava os filhos pela rua como para mostrar aos aldeãos a sorte que ele tinha de ser pai de gêmeos, tirava sarro então das queixas de alguns habitantes que atribuíam aos dois meninos os estragos de todo tipo nos seus terrenos, Kibandí mal conhecia essa família, o chefe do vilarejo tinha feito o favor de apresentar os novos habitantes à população, ele tinha margeado a estrada principal, parado diante de cada cabana e repetido "Papai Mundjulá é escultor, sua mulher é faxineira e cuida dos gêmeos, crianças encantadoras", eles moravam do outro lado do vilarejo, se integravam ao resto da população dia após dia a ponto de termos a impressão de que eles tinham sempre vivido aqui

conheci essas duas crianças terríveis em circunstâncias mais que infelizes, são gêmeos que não possuem na realidade nenhum sinal que permitiria ao observador mais meticuloso separar um do outro; o seu pai e a sua mãe os chamavam indiferentemente de Koty ou Kotê já que basta chamar um dos dois para que se virem simultaneamente, mas no fundo Papai e Mamãe Mundjulá sempre sentiram prazer em semear a confusão no espírito dos aldeãos enquanto eles têm secretamente um truquezinho deles para distinguir um do outro, na verdade Papai e Mamãe Mundjulá tinham decidido circuncidar apenas um dos dois meninos, conta-se no vilarejo que é o mais velho que é circuncidado enquanto o mais novo não o é, e, toda vez, quando a confusão chega para eles mesmos, Papai e Mamãe Mundjulá desvestem a sua progenitura para saber qual dos dois veio ao mundo primeiro, lhe asseguro que são dois toquinhos de no máximo dez ou onze anos, dois seres inseparáveis que piscam, se arranham, tossem, peidam, se machucam, choram e ficam doentes ao mesmo tempo, duas entidades idênticas que dormem um nos braços do outro até de manhãzinha, se sentam da mesma maneira, as pernas cruzadas, e, como se os seus pais desejassem confundir ainda mais, os vestiam com roupas idênticas, calças com suspensórios azuis, camisas beges de algodão, eles têm cabeças tão grandes quanto um tijolo de terracota, Papai e Mamãe Mundjulá raspam os seus crâneos, quer dizer que eles não são bonitos com os seus olhos esbugalhados, mal se misturam com os outros meninos, correm por todo o vilarejo, adoram brincar perto do cemitério, numa vasta plantação de lantanas onde eles mudam as cruzes dos túmulos, as invertem, brincam de esconde-esconde, perseguem sem pausa as borboletas, espantam os corvos, deixam a vida dura aos pardais com a ajuda dos seus temíveis estilingues, não se pode controlá-los, estão sempre lá onde não os esperam, então a primeira vez que eu tinha cruzado com Koty e Kotê os meus espinhos tinham se eriçado em sinal de alerta, esses gêmeos quiseram me fazer de brinquedo deles assim que me notaram me agitando na plantação de lantanas; na verdade eu estava voltando do meu esconderijo e repousava sobre o túmulo de Mamãe Kibandí, me preparava para ir em seguida vagar atrás do antigo ateliê do meu mestre, e talvez ler um pouco sem me afastar muito da cabana de Kibandí, apenas no caso de ele precisar de mim, e os dois meninos me escutaram remexendo a folhagem, se viraram, um dos dois me apontou o dedo "um porco-espinho, um porco-espinho, vamos pegá-lo", o outro menino começou a armar o seu estilingue, e eu, palavra de porco-espinho, dei meia-volta catastroficamente enquanto os seus projéteis vinham cair a alguns metros de mim, me perguntei de onde tinham saído esses dois atrevidos que suportavam cabeças tão retangulares; num dado momento pensei que fossem pequenos fantasmas a quem os pais, do fundo dos seus túmulos, tinham dado permissão para ir brincar lá fora e voltar antes do pôr do sol, mas esses dois malandros conseguiram me perseguir, os escutei afastando as lantanas, soltando gritos de alegria, rindo como hienas; um deles ordenou ao outro para ir pelo lado direito enquanto ele mesmo continuaria pelo lado esquerdo a fim de me surpreender algumas centenas de metros à frente, ora, eles ignoravam que eu compreendia a linguagem dos humanos, então acabei com o plano deles, virei uma bolinha imediatamente, rolei a uma velocidade vertiginosa, aterrissei sobre uma cama de samambaias mortas, vi diante de mim um entrelaçamento de espinhos, segui sem me virar para enfim cair sobre uma clareira que dava sobre o rio, e então, sem refletir, mergulhei na água não muito profunda nesse ponto, respirava como um desvairado, rapidamente ganhei a outra margem, sacudi os meus espinhos, mas eu tremia mais de medo do que de frio, o vilarejo estava doravante à vista, não escutava mais barulho atrás de mim, cheguei à conclusão de que os meninos tinham dado meia-volta, eu não estava certo de que eles viviam em Sêkêpembê, mas vários dias após esse episódio, quando eu os vi atravessando a rua principal com o pai, reconheci suas cabeças retangulares, suas roupas idênticas

terça-feira passada, no começo da tarde, Koty e Kotê tinham mais uma vez escapado do controle dos pais, passaram diante da cabana do meu mestre que estava sentado diante da porta e que devorava um livro esotérico, os gêmeos não tinham parado de aparecer assim havia algum tempo, ficavam em frente a seu domicílio, bem no lugar onde o meu mestre tinha visto no passado esse estranho rebanho de carneiros no dia da morte de Mamãe Kibandí, e os dois pequenos pareciam espiá-lo, imitar o lamento de um carneiro idoso que é degolado, debochavam e depois desapareciam, esse comportamento acabava a longo prazo irritando o meu mestre que estava certo de que as duas crianças eram enviadas por seus pais para importuná-lo, e, quando ele tentava se aproximar a fim de falar com eles, de lhes dizer que lhe deviam respeito, os meninos fugiam, voltavam no dia seguinte para se colocar no mesmo lugar, imitar o carneiro idoso, eu vi o meu mestre perder a calma, se colocar mil e uma questões, essas crianças queriam lhe indicar alguma coisa, elas sabiam alguma coisa que nos concernia, e então nessa terça à tarde Koty e Kotê se plantaram como de costume em frente ao domicílio do meu mestre, este esboçou um sorriso, os diabinhos não o retribuíram, "o que é que vocês querem de mim, hein", acabou por dizer Kibandí, um dos dois pequenos Mundjulá respondeu "o senhor é um malvado, é por isso que não gosta das crianças", e o meu mestre, desconcertado, respondeu "pobres diabinhos, vocês não têm educação, por que me tratam de malvado, hein, será que vocês sabem que posso contar ao seu pai", e o outro menino acrescentou "você é um malvado porque você come as crianças, nós sabemos que você comeu um bebê, ele nos disse ontem quando a gente brincava no cemitério, e aliás ele vai nos dizer de novo esta noite", o meu mestre fechou o seu livro com um gesto nervoso, não pôde conter sua raiva, se levantou gritando palavrões "bando de vermes, pássaros agourentos, pequenos sanguessugas, vou lhes ensinar como respeitar os adultos", ele quis correr atrás dos gêmeos quando um deles lançou "e mesmo o bebê que você comeu, ele nos disse para lhe dizer que ele o observa, que ele virá vê-lo, é por sua causa que ele não cresce mais", e os dois moleques fugiram, Kibandí os viu desaparecer no horizonte, disse a si mesmo então que devia custe o que custar encontrar os pais desses pequenos seres o meu mestre foi até a família Mundjulá por volta do fim da tarde dessa terça-feira; o pai esculpia uma máscara com traços hediondos, a mãe preparava um prato de folhas de mandioca com bananas-da-terra, o casal ficou surpreso ao vê-lo chegar pois jamais o tinham visto atravessar o umbral desse terreno, o pai logo interrompeu o seu trabalho, se apressou a indicar uma cadeira cheia de trepadeiras ao visitante, a mãe o saudou de longe, perguntaram a Kibandí se ele queria beber vinho de palma, ele disse não ainda que fosse mwenguê, a mãe trouxe-lhe água fresca numa cabaça antes de se retirar e deixar os dois homens conversarem, o meu mestre olhava para o interior da cabana na esperança de ver os dois meninos, eles não estavam lá, deviam estar ainda correndo pelo vilarejo, talvez perto do cemitério, na plantação de lantanas, Kibandí revelou o motivo da sua visita após algumas generalidades sobre a construção dos Mundjulá que, segundo o meu mestre, estava mal erguida, depois foi direto ao ponto, "os seus gêmeos vêm me incomodar há mais de duas semanas, eles vieram me provocar também hoje no começo da tarde", Papai Mundjulá observou um breve silêncio antes de responder "eu sei, eu sei, são duas pestinhas, vou falar com eles, eles estão sempre indo pra direita e pra esquerda, o senhor não é o único a se queixar, mas sabe, na idade deles, eles não medem as consequências dos seus atos", e então o meu mestre explicou como os dois meninos o tinham chamado de malvado, como eles não lhe diziam nem mesmo bom dia, como eles tinham dito coisas que ele preferia não repetir por respeito aos seus pais, Papai Mundjulá fitou Kibandí, podia-se ler a comiseração no olhar desse pai de família, sem dúvida ele pensava que esses meninos tinham debochado da magreza do meu mestre, que essa magreza lhes tinha parecido tão estranha que não esconderam o que pensavam dentro deles mesmos, e, no mesmo instante, enquanto Papai Mundjulá perguntava a Kibandí o que os seus filhos tinham realmente dito contra ele, Koty e Kotê chegaram, as roupas cobertas de poeira; apenas deram um olhar apressado para o pai e seu visitante, na verdade foram correndo para a mãe gritando que estavam com fome, a panela ainda estava no forno, e a mamãe disse "isso vai lhes ensinar a correr pelo vilarejo o dia todo, a comida não está pronta", Papai Mundjulá os chamou com um ar autoritário "Koty, Kotê, venham apresentar suas desculpas ao Titio Kibandí, agora mesmo, ele não é malvado, eu não gosto que faltem com o respeito às pessoas grandes", por bem ou por mal, os dois meninos vieram, e o pai disse ao primeiro "dê a mão a ele, é seu tio, todos os adultos deste vilarejo são seus tios, você deve respeitar Titio Kibandí como você me respeita, ele tem o direito de lhe dar uma palmada na bunda se você lhe faltar com o respeito na próxima vez", Kibandí estendeu a mão seca e esquelética que Koty, ou talvez Kotê, observou com desconfiança e repulsa antes de estender enfim a sua; o menino olhou Kibandí direto nos olhos, um silêncio pairou no ar, a criança tinha o olhar duro, e, de repente, o seu rosto se metamorfoseou, se tornando mais liso, mais jovem, a cabeça grande e careca se cobriu de cabelos macios, se tornou mais redonda, o meu mestre sentiu como uma descarga elétrica atravessar o seu corpo, ele via o rosto do bebê Yulá no lugar do rosto do gêmeo que lhe estendia a mão, "não olhe para os adultos desse jeito", disse Papai Mundjulá, e, ao apertar em seguida a mão do outro gêmeo, o meu mestre teve a mesma visão, sempre esse rosto de bebê que nós tínhamos comido, abaixou rápido os olhos, Papai Mundjulá não viu nada dessa cena, os meninos apresentaram suas desculpas ao meu mestre, não sem murmurar com uma ponta de ironia "até bem breve Titio Kibandí, passaremos para vê-lo sexta-feira", e, sempre com a mesma ponta de ironia, disseram em coro "passe uma boa noite, Titio Kibandí", foi então que Papai Mundjulá soltou, satisfeito e orgulhoso da conduta dos seus gêmeos, "o senhor verá, são dois meninos extraordinários, são tão apegados que assim que o acontecido passar entre vocês, eles irão brincar todos os dias no seu pátio", mas Kibandí estava longe nos seus pensamentos, o rosto do bebê Yulá tinha ficado gravado em seu espírito, ele não ousava mais olhar para os gêmeos, sabia que devia agora se ocupar desses dois seres que, aparentemente, eram os únicos a saber tudo sobre nossas atividades noturnas, e foi assim que ele recusou o jantar que lhe propôs a família Mundjulá; disse como pretexto que tinha um trabalho urgente que devia terminar antes do cair da noite e se despediu sem se virar, falava sozinho andando, quase caiu ao trombar contra uma pedra, se pôs a beber *mayamvumbí* a noite inteira, eu o escutei rir de maneira incomum e pronunciar várias vezes o nome desse bebê que nós tínhamos comido, esse riso era só fachada, descobri pela primeira vez que o meu mestre podia também ficar apavorado a ponto de perder a calma depois dessa terça-feira na qual o meu mestre tinha ido se queixar a Papai Mundjulá, sua vida estava doravante pontuada por pequenas desgraças, e já na mesma noite, por volta da meia-noite, ele escutou um bebê chorar atrás do seu ateliê, escutou também risos de meninos, corridas desenfreadas, mergulhos no rio, escutou o barulho das bestas voadoras que vinham aterrissar na sua cama, não pôde fechar o olho, ficou à espreita até o amanhecer, foi só na manhã seguinte que decidiu que a comédia tinha durado mais que o necessário, e pela primeira vez, para a minha grande surpresa, ele me chamou em pleno dia, compreendi que ele tinha perdido a cabeça, jamais um iniciado teria chamado o seu duplo nocivo em pleno dia para lhe detalhar uma missão, mas eu não podia lhe desobedecer, saí então do meu lugar de descanso, eu não sentia mais o mesmo ardor que governava as minhas patas na época em que as coisas se passavam como nós as tínhamos previsto, agora se tratava de uma urgência, até então nós tínhamos atacado pessoas vivas, não tínhamos confrontado as sombras da noite, jamais um ser que tínhamos comido tinha voltado para nos pedir as contas, e quando cheguei diante da casa de Kibandí empurrei a porta com uma pata, fiquei plantado na entrada, a surpresa era grande, vi um homem desamparado, um homem que tinha passado a noite inteira bebendo *mayamvumbí*, os traços enrijecidos como se ele não tivesse dormido desde duas ou três luas, eu lia o medo que congelava o seu olhar, ele me disse para entrar, me olhou, murmurou palavras ininteligíveis, eu, eu pensava então que nós iríamos abandonar o vilarejo de Sêkêpembê, que iríamos seguir o destino da sua família, empreender o perpétuo êxodo, achar um outro território, ora, ele falou antes dos gêmeos, era para ele uma obsessão, disse que esses dois meninos eram mais poderosos do que ele imaginava, que devíamos nos ocupar deles o mais tardar na sexta-feira, me repetiu que eu devia ficar perto dele, que não queria sobretudo que eu voltasse para a floresta antes dessa missão a qual ele prezava mais do que as 99 precedentes, e então passei o dia num canto escuro da sua cabana enquanto ele continuava inerte sobre o seu tapete, os gêmeos não voltaram a perturbar o meu mestre na minha presença naquela noite, não passava na verdade de uma falsa calmaria já que na sexta-feira, por volta das dez horas da noite, quando estávamos prontos para ir para os arredores do terreno dos Mundjulá, o meu mestre e eu fomos alarmados pelo barulho dos pássaros noturnos que se agitavam sobre o teto da cabana, um vento violento desmantelou a porta da habitação, o antigo ateliê do meu mestre voou com estrondo, fomos ofuscados por uma claridade, como se o dia se levantasse no meio da noite, e no pátio nós vimos o bebê Yulá que tínhamos entretanto comido, ele parecia em plena forma, nos mostrava o dedo, estava acompanhado por suas duas espécies de guarda-costas, os gêmeos Koty e Kotê, estes tinham capturado o outro ele mesmo do meu mestre, e era penoso assistir a essa cena, era como se o outro ele mesmo de Kibandí não tivesse mais nem mesmo o poder que atribuímos aos espantalhos das plantações de milho, ele estava passivo, parecia um fantoche, um polichinelo, uma marionete cheia de algodão, de panos, de esponjas, e os dois atrevidos o balançavam segundo os seus caprichos, o rolavam na poeira, tentavam colocá-lo em pé, as pernas do outro ele mesmo do meu mestre cediam, a cabeça recaía sobre o peito enquanto os braços lhe chegavam até os joelhos, os meninos riam, Kibandí me mandou rápido uma ordem, "lance, lance então todos os seus espinhos, lance-os, merda", infelizmente os meus espinhos não se moviam mais, estava petrificado por essa visão, e então os gêmeos largaram no chão o outro ele mesmo do meu mestre, se aproximaram de nós, alcançaram a altura do bebê Yulá, eu os encontrei transformados, metamorfoseados como se não fossem mais os mesmos toquinhos que tinham me perseguido no cemitério; Kibandí recuou, nós rapidamente nos protegemos na cabana, os escutamos chegar como um rebanho de mil bois, os seus passos remexiam a terra, sacudiam a fachada da cabana, eles entraram, eu me encolhi num canto, Kibandí tinha corrido para o quarto, o vi surgir com uma zagaia na mão, os gêmeos e o bebê se torceram de rir ao ver a sua arma, o meu mestre se posicionou, tentou projetar a zagaia, as suas mãos estavam pesadas, tão pesadas que a arma caiu aos seus pés, então um dos gêmeos saltou sobre ele, o agarrou pelo pé esquerdo, o outro gêmeo segurou o pé direito, puxaram cada um do seu lado enquanto o bebê Yulá ria diante da entrada, e eu vi Kibandí desmoronar no chão como uma velha árvore abatida com um só golpe, não sei o que essa pequenas fúrias lhe fizeram na sequência já que eu tinha fechado os olhos tomado pelo medo, escutei como uma descarga, um tiro, e entretanto não existia arma de fogo na cabana, e entretanto os gêmeos não tinham nada entre as mãos, eu tremia como um novato, a claridade ofuscante que tinha aparecido com a chegada desses seres desapareceu como por encantamento, a noite caiu sob nós por um gesto da mão direita elevada ao céu pelo bebê Yulá, e, de um outro gesto da mão esquerda, ele fez reaparecer essa claridade ofuscante como se ele pudesse doravante governar os fenômenos da natureza; eu via do meu esconderijo as suas pequenas pernas enlameadas, e, como ele pousava agora o seu olhar de brasa na minha direção, entendi que vinha me pegar, que não ia me poupar, me fuzilava cada vez mais com o olhar, com ar de quem diz que eu estava acabado como o meu mestre que jazia perto da porta, então comecei a me agitar mais e mais, e depois, surpreendentemente, o bebê desviou o olhar, pensei que ele não queria me atacar ele mesmo, que ia dar a ordem aos gêmeos para que me reservassem o mesmo castigo que ao meu mestre, pois bem, não, no máximo, quando olhou de novo para mim, me fez um sinal com a cabeça, me pedia para fugir, eu não acreditava nisso, não precisou que me pedisse duas vezes, saí correndo discretamente, passei pelo quarto do meu mestre enquanto o escutava soltar um longo soluço, o último suspiro, era o seu último minuto nessa terra, e eu, eu corria sempre na noite como um fugitivo

já é tarde meu querido Baobá, a lua acabou de desaparecer, sinto as minhas pálpebras que pesam, os meus membros que não aguentam mais, a vista que embaça, não sei se são os braços da morte que se estendem a mim, não posso mais resistir muito tempo, não posso mais aguentar, estou fraquejando, tenho sono, sim, tenho sono *como ainda não sou um porco-espinho acabado*

o dia acaba de nascer, estou surpreso de constatar a vida ao redor, os pássaros que voltam para pousar sobre os troncos das árvores, o rio que flui com mais turbulência, uma agitação que aliás me tranquiliza, então é também uma pequena vitória, devo entendê-la tal qual, quase não vi o passar do tempo desde ontem, me contentei em falar com você até que as minhas pálpebras estivessem pesadas, você afinal não me interrompeu um só instante, ainda não sei entretanto o que pensa dessa história, bom, de qualquer maneira, me sinto mais que aliviado porque pude me entregar, existem talvez coisas que eu não lhe disse aqui, por exemplo, o meu apelido, o apelido que o meu mestre me atribuiu, ele me chamava de Ngumbá, e na língua daqui isso quer dizer porco-espinho, talvez Kibandí também tivesse se acostumado à ideia de que eu não passava de um porco-espinho, um porco-espinho ordinário, é evidente, ele era um humano, e como eu não gostava desse apelido com sonoridades desagradáveis, fingia não ter escutado quando ele me chamava assim, mas ele insistia, você entende agora por que desde o começo eu não quis que você soubesse desse nome

agora há pouco, ao me espreguiçar, descobri provisões atrás do seu pé, isso me parece ainda assim estranho, me pergunto se não há um outro ocupante aqui, entretanto não vi passar nenhum outro animal desde ontem, e, pela lógica, essas provisões me pertencem doravante, não ouse crer que elas tenham sido depositadas aqui pelo outro ele mesmo do meu mestre, eu o teria escutado chegar como na época em que ele se manifestava, ele também desapareceu no dia em que esses pequenos monstros, esses meninos, o agitavam como uma marionete

só me arrependo de uma coisa, é de não escutar a sua voz, meu querido Baobá, e, se você pudesse falar como eu, me sentiria bem menos sozinho, mas o que conta a essa altura é a sua presença, ela me deixa menos angustiado, e, se eu vir daqui o perigo chegando, acredite em mim, eu só terei que deslizar para um dos seus buracos, você não poderá jamais me entregar às mãos da morte, não é mesmo, peço desculpas de antemão por fazer as minhas necessidades aqui, ainda tenho medo de me afastar, de cometer uma besteira, de sentir falta da sua proteção, ignoro quanto tempo durará esse estado de alerta, eu sei que você não aprecia que eu defeque no seu pé, ora, os homens dizem que são os excrementos que fazem crescer os vegetais, então, de alguma maneira, eu contribuo também para a sua longevidade, é tudo o que posso lhe oferecer em troca da sua hospitalidade

     na verdade, eu me forcei bastante, não tenho apetite, no entanto é preciso comer, todas essas nozes de palma não têm mais o gosto de antes, eu ainda as amadureço, estudo, farejo, tento empurrar algumas goela abaixo, elas são amargas, não tenho força para mastigar, eu sei que isso só revela o pânico e a apreensão que me marcaram nesses últimos tempos, devo agora relaxar, me distender, não comemos quando o coração bate muito rápido, tenho a impressão de que quero comer só para me tranquilizar, e talvez para não morrer de fome, e desde a sexta-feira passada acho que perdi peso, tenho a língua pastosa, o rabo baixo, os olhos vermelhos, os quatro membros lânguidos, e quando eu tusso, porque eu tusso mesmo muito nessas últimas horas, tenho a impressão de vomitar os meus pulmões, posso ficar ainda muito tempo sem comer, não estou nem aí já que não sinto nenhum buraco no estômago, e, se é preciso morrer, que essa morte venha ao menos pela fome nessa segunda-feira ensolarada, tenho vontade de tomar resoluções a longo termo, de ver o futuro com otimismo, de tirar sarro do amanhã, escuto uma voz interior que me sopra que não vou morrer hoje, menos ainda amanhã, nem depois de amanhã, deve haver uma explicação para isso, não sou eu quem vai procurá-la, aquele que criou o universo sem dúvida compreendeu que eu fui apenas vítima dos modos das pessoas desse país, a minha sobrevivência seria então um desafio àqueles que gostariam de no futuro transmitir um duplo nocivo a seus filhos, quanto tempo deveria eu viver agora, hein, não sei de nada, meu querido Baobá, "a cada dia basta sua pena", teria dito nosso velho governante que, sem aparentar, terá influenciado a minha conduta; no fundo o admiro, tem vezes que penso que esse velho amuado me faz falta, teria gostado de escutá-lo ainda falando conosco, nos dando uma das suas lições mais brilhantes como nesse dia em que ele nos falava *da matéria*, desses três estados mais correntes e suas mudanças, ele falava então do *estado líquido*, do *estado gasoso*, do *estado sólido*, percebia bem que nós continuávamos duvidando e queríamos exemplos concretos, e nos detalhava à sua maneira a *fusão*, a *sublimação*, a *solidificação*, a *liquefação* ou a *vaporização*, pobre velho, era um porco-espinho digno desse nome, deve estar morto há anos, assim como os companheiros da minha geração, certamente

não pedi para sobreviver, como aliás não pedirei para morrer, me contento em respirar, em ver o que poderia fazer de útil no futuro, tenho para isso dois caminhos que gostaria de seguir, primeiro gostaria de travar uma batalha sem trégua contra os duplos nocivos desta região, sei que é um grande combate, mas gostaria de persegui-los uns após os outros, uma maneira de me redimir, de apagar a minha parte de responsabilidade quanto às desgraças que entristeceram este vilarejo e vários outros, o segundo caminho com o qual eu sonho é simples, meu querido Baobá, gostaria de voltar a viver em nosso antigo território porque a frequentação dos homens criou em mim o sentimento de nostalgia, um sentimento que eu qualificaria de *mal do território*, eles falariam em *mal do país*, me agarro doravante às minhas lembranças como o elefante se agarra aos seus dentes, são essas imagens longínquas, essas sombras desaparecidas, esses barulhos afastados que me impedem de cometer o irreparável, sim, o irreparável, penso nisso também, me dar a morte, mas é a pior das covardias, assim como os seres humanos estimam que a sua existência vem de um ser supremo, acabei eu mesmo acreditando nisso desde a sexta-feira passada, e, se eu ainda existo, palavra de porco-espinho, é porque uma vontade acima de mim decidiu isso, ora, se isso foi decidido assim, é porque devo certamente ter uma última missão para realizar aqui tenho outros projetos em mente, meu querido Baobá, gostaria, por exemplo, de encontrar uma boa fêmea, não apenas para um simples ato de copulação com o objetivo de procriar como os outros animais, mas pelo prazer primeiro, o prazer da minha parceira e o meu, depois, é claro, para fazer os pequenos com ela se nós encontrarmos afinidades, e então, tornado pai, contarei à minha descendência a vida e os modos dos homens, prevenirei essa descendência de todo destino que se parecer ao meu, e, meu querido Baobá, você deve me achar pouco razoável, ambicioso, sobretudo irrealista quando pensa que tenho 42 anos hoje, e depois, palavra de porco-espinho, a idade não me dá medo, li no grosso livro de Deus que antigamente os humanos viviam durante séculos e séculos inteiros, o patriarca deles que chamavam de Matusalém viveu mesmo 969 anos, vou lhe dizer que não sou um porco-espinho acabado, gostaria de ser o Matusalém da espécie animal, ainda tenho resistência, agilidade, o negócio é que eu possa consagrar o tempo que me resta fazendo o bem, apenas o bem, me transformar talvez em duplo pacífico

sim eu ainda tenho resistência, e estou certo de que os meus poderes estão intactos, ah, vejo que você remexe seus galhos em sinal de incredulidade, você não acredita que me reste um poder qualquer, hein, você quer a todo preço ter a prova disso aqui e agora, pois bem vamos lá, me deixe levantar, encolher, concentrar, e pá, e pá, e pá de novo, palavra de porco-espinho, você viu como eu acabei de projetar três dos meus espinhos, hein, além do mais eles foram cair a várias centenas de metros daqui, ainda mais longe do que quando eu estava a serviço do meu mestre, de que outra prova você precisa para compreender que ainda vão ouvir falar de mim, hein

Anexo

Carta do Escargô cabeçudo sobre a origem do manuscrito *Memórias de porco-espinho*

Senhor Escargô cabeçudo
Executor testamentário literário de Copo Quebrado
Dono do bar O Crédito Viajou

Às Editions du Seuil
25, rua Jacob
75006 Paris - França

Assunto: Envio do manuscrito Memórias de porco-espinho, *texto póstumo do meu amigo Copo Quebrado*

Senhora, Senhor,

Vos escrevo como executor testamentário literário do meu amigo de sempre, o defunto Copo Quebrado. Gostaria que esta carta fosse publicada ao final do livro Memórias de porco-espinho *a fim de levar um pouco mais de precisão aos leitores quanto à origem deste texto.*
É verdade que no ano passado, logo após sua morte, eu lhes fiz chegar por carta registrada o que eu acreditava ser então seu único manuscrito, já que era eu quem o havia encomendado em vista de imortalizar meu bar O Crédito Viajou. *Esse primeiro texto, os senhores o haviam publicado alguns meses depois sob o título* Copo Quebrado *mesmo quando eu pedi formalmente que o romance se intitulasse* O Crédito Viajou. *Os senhores haviam decidido – parece que em nome do livro – não levar isso em conta...*

De qualquer maneira, não lhes escrevo para alimentar uma polêmica sobre esse assunto. Tenho ao contrário o imenso prazer de lhes enviar este outro manuscrito que um dos meus empregados, o garçom Momperô, encontrou em um bosque, perto do rio Tchinuká onde foi resgatado o corpo do saudoso Copo Quebrado. O documento original – uma velha pasta escolar com folhas soltas – estava em um estado tão lamentável que nos foi preciso muita precaução para juntar as páginas, ordená-las antes de numerá-las. Para isso, quando não havia muitos clientes no bar, nós nos juntávamos os três, meus empregados e eu, ao redor da mesa que ocupava normalmente o defunto Copo Quebrado. Nós decifrávamos então as passagens apagadas pela sujeira, chuva e orvalho. Confrontávamos a cada vez nossos pontos de vista a fim de não ceder à tentação de atribuir ao defunto o que ele não havia escrito. Nossas trocas, admito, eram mais que virulentas, inflamadas, e isso exasperava alguns dos meus clientes. Alguns dentre eles, como O tipo de Pampers e Robinette, *negam sempre certas cenas que lhes foram atribuídas no romance* Copo Quebrado. *Por isso, eles encararam muito mal o anúncio da descoberta de um segundo caderno, acreditando erroneamente que* Memórias de porco-espinho *fosse apenas a sequência de* Copo Quebrado! *Na verdade eles temiam ser uma vez mais devorados por aquele que eles continuam qualificando de traidor da última categoria que lhes terá roubado histórias de vida antes de ir juntar-se a sua mãe nas águas cinzentas do Tchinuká...*

Mas voltemos a este novo manuscrito!
Uma vez o duro trabalho de reconstituição terminado, confiei pessoalmente a datilografia de Memórias de porco-espinho *a uma estudante do colégio técnico Kenguê-Pauline. Ela me cobrou, vejam bem, 2000 francos CFA por página, quer dizer o preço de uma boa garrafa de vinho tinto no meu bar! Para justificar essa tarifa elevada do calhamaço datilografado, ela sustentava que a escritura do defunto Copo Quebrado era indecifrável, e a pobre moça tinha de às vezes reler duas ou três vezes a mesma linha, tudo isso por causa dessa obstinação do autor de empregar a vírgula como único sinal de pontuação.*

Foram então essas desventuras que me impediram, Cara Senhora, Caro Senhor, de lhes endereçar este manuscrito mais cedo, e estou enfim aliviado de lhes submetê-lo acompanhado do documento original a fim de que os senhores possam, em caso de dificuldade, verificar algumas das nossas reconstituições, sobretudo nas duas últimas partes intituladas respectivamente "como a sexta-feira passada se tornou uma sexta-feira de tristeza" e "como ainda não sou um porco-espinho acabado". Essas partes eram as mais prejudicadas do documento...

Nesse texto Copo Quebrado se apaga e não é mais um narrador onipresente, menos ainda um personagem da história. No fundo, ele estava persuadido de que os livros que nos acompanham por um tempo longo são aqueles que reinventam o mundo, revisitam nossa infância, interrogam a Origem, examinam nossas obsessões e sacodem nossas crenças. Desse modo, nos oferecendo esta última crônica que ele intitulou Memórias de porco-espinho – e eu espero de todo coração que os senhores não mudem dessa vez o título do livro –, Copo Quebrado traça então de modo alegórico suas últimas vontades. Para ele, o mundo é apenas uma versão aproximada de uma fábula que nós não compreenderemos jamais enquanto continuarmos considerando apenas a representação material das coisas.

Não posso me conter de lhes confiar que me deixei levar pelo destino desse estranho porco-espinho ao mesmo tempo cativante, falante, agitado, muito familiar à natureza humana e usando a digressão como arma até o fim com o intuito de nos pintar, nós humanos, e por vezes nos culpar sem trégua. E desde então, não vejo mais os animais com os mesmos olhos. Além do mais, quem entre o Homem e o animal é verdadeiramente uma besta? Vasta questão!

Alegrando-me com nossa nova colaboração, peço-vos que aceitem, Senhora, Senhor, meus sentimentos mais cordiais.

Escargô cabeçudo
Executor testamentário literário de Copo Quebrado
Dono do bar O Crédito Viajou

Este livro foi composto pela Alchimia Artes Gráficas em Arno Pro
Light 13, impresso pela RENOVAGRAF sobre papel Pólen Bold 90
para a Editora Malê, em São Paulo, em agosto de 2020.